일러두기

1. 1부는 1956년 발간된 시집 《육사 시집》을, 그 외의 작품들은 2부에 담았다.

2. 각주의 해설은 표준국어대사전에 수록된 풀이를 기준으로 하였다.

3. 가능한 한 현대어 표기법을 따랐으나 읽기에 지장이 없는 한 당시의 표기법을 살렸다.

육사 시집
이육사,
이스탄불에 물들다

지식인하우스

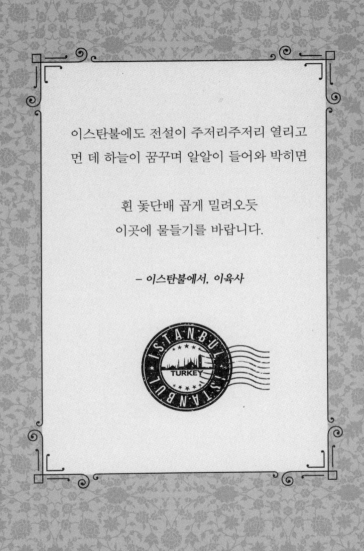

이스탄불에도 전설이 주저리주저리 열리고
먼 데 하늘이 꿈꾸며 알알이 들어와 박히면

흰 돛단배 곱게 밀려오듯
이곳에 물들기를 바랍니다.

– 이스탄불에서, 이육사

차례

1부

육사 시집

서序

　지난 봄 중앙선으로 서울 가는 길에 추노지향(鄒魯之鄉)이라 일컫는 안동엘 들러 퇴계 선생의 도산 서원을 하루 찾아본 일이 있다. 버스로 오십 리, 예안이라는 조그마한 산읍의 장터에서, 다시 십오 리가량 걸어야 하였는데, 도중 도산면이라 패목(牌木)이 서 있는 등성이 하나를 넘으니, 여태까지의 메마르고 평범한 산야의 풍경과는 딴판인 유수(幽邃)한 지역이 안전(眼前)에 이루어졌다. 사방으로 산이 다가선 골짜기이기는 하나, 때마침 신록(新綠) 철이라, 꾀꼬리 울음소리가 굴러나는 연연한 유색(柳色)과 검은 솔빛이 어울려 자욱 우거진 사이로 마을이 있고, 청류(淸流)가 굽이 흐르고, 그 청류를 따라 얼마를 가니 오묵한 골 사이에 서원의 조찰한 모습이 숨은 듯이 앉아 있어, 그 일대의 한수(閑邃)한 정취야말로 산수가 그대로 선생의 유훈(遺薰)을 받들어 지키고 있는 것만 같아, 성스럽고도 멀리 시대를 잊은 듯하였다.

나는 이 길을 오고 가며, 그 당시 거유(巨儒)의 성해(聲咳)를 경모하여 경상도 안동 땅에서도 두메인 낙동강 상류의 이 골짜기를 멀다 않고 전국에서 찾아드는 선비들의 발길이 낙역(絡繹)하였을 그날을 생각하고 감개 깊은 바 있었건만, 정작 이곳이 바로 〈꽃〉과 〈광야〉를 남긴 우리 육사(陸史)의 고장이요, 이 서원에서 불과 육칠 마장 상거(相距)한 원촌(遠村)이라는 마을이 그가 태생한 곳이라고는 까맣게 몰랐던 것이다. 알았던들 아무리 여정이 바빴더라도 그곳에서 발길을 늘려 이날의 감회가 더욱 컸으련만 자못 애석한 것이었다.

　실상인즉 오늘 내게는 국보적인 퇴계 선생보다도 육사가 아쉽고 직접 피부에 가차운 것이다. 그것은 시간적인 관계에서보담도 공간적으로 그 험탁(險濁)한 같은 위치를 겪어 맛본 소치(所致)임에 틀림없으리라.

　어느 때 어디선가, 육사는 교양과 취미로서 시를 썼다고 내가 지적한 바 있다. 그러나 이것은 조금도 육사의 값을 폄하하는 것은 못 된다. 참으로 육사가 그의 짧은 생애에 생명으로써 정열하고 관심치 않을 수 없었던 것은 문학이 아니요, 그보다 더욱 절

실한 그 무엇에 있었을 것이다. 만약에 그가 문학에다 본령(本領)을 두었더라면, 그의 빛나는 천품이 어찌 불과 작시(作詩) 수십 편에 그쳤겠는가.

옛날 학자들은 그들의 청절뇌락(淸節磊落)한 품위와 높은 윤리로서 학문의 조예와 아울러 훌륭한 시인이기도 하고, 뛰어난 경세가(經世家)이기도 하였듯이, 육사도 일견 가늘고 적고 얌전한 샌님이면서도 매섭고 꼿꼿함을 지열(地熱)같이 내장(內藏)하고 있었음과, 또한 교양과 취미로서 문학에도 친했음은 역시 이조(李朝) 거유(巨儒)의 14대손으로서의 높은 지체와 뼈의 피할 수 없는 소치가 아니었던가.

그러나 육사는 시인으로서 남고 말았다. 물론 인간 육사는 무도(無道)에의 반항자로서 생애를 무고(無辜)히 마쳤건마는, 마침내 시인으로서 남게 된 것이다. 생각하면 육사는 이것을 누명으로서 지하에서 노여워할는지도 모를 일이다. 왜냐하면, 앞에서도 말한 바와 같이, 참으로 그가 생명의 깊이로써 관여하고 불망(不忘)하던 것은 그까짓 시 나부랭이가 아니었을 것이었기 때문에…….

그러나 마침내 그는 그가 시인이었음의 증거를 스스로 남기고 갔다.

까마득한 날에
하늘이 처음 열리고
어데 닭 우는 소리 들렸으랴

모든 산맥들이
바다를 연모해 휘달릴 때도
차마 이곳을 범하던 못하였으리라
　　　　　　　　— 〈광야〉 1절

동방은 하늘도 다 끝나고
비 한 방울 내리잖는 그때에도
오히려 꽃은 빨갛게 피지 않는가
내 목숨을 꾸며 쉬임 없는 날이여
　　　　　　　　— 〈꽃〉 1절

　시인이란 불가침(不可侵)한 생명 그것이요, 무(無)
에서의 창조요, 어떠한 불모(不毛)에도 개화(開花)를
짓고야 마는 존엄 그것이 아니었던가. 그리하여 그는

지금 눈 내리고
매화 향기 홀로 아득하니
내 여기 가난한 노래의 씨를 뿌려라

다시 천고(千古)의 뒤에
백마 타고 오는 초인(超人)이 있어
이 광야에서 목 놓아 부르게 하리라
—〈광야〉1절

북쪽 툰드라에도 찬 새벽은
눈 속 깊이 꽃맹아리가 옴짝거려
제비 떼 까맣게 날라오길 기다리나니
마침내 저버리지 못할 약속이여
—〈꽃〉1절

　옛 이스라엘 선지자가 하늘나라를 이르르기를 광
야에서 외치듯 그 자신 훨훨 불타는 겁화(劫火)처럼
불멸한 생명의 확신과 재기를 우리 앞에 소리 높이
예언하고 증거하여 준 것이다. 사실 필경은 육사의
목숨까지도 빼앗아간 일상—우리 족속 전휴(全休)
를 말살하고야 말려고 들던 일제의 그 불구대천(不
俱戴天)의 폭려(暴戾)를 다시금 회상할 때, 육사의 마
지막 절창(絶唱)인 〈꽃〉과 〈광야〉는 그대로 그날 우
리 삼천만 겨레 전휴의 자신에 대한 피나는 맹서요,
간(肝)의 결의였던 것이다.

참으로 좋은 시인은 보배로운지고! 어찌 시인이 곤충같이 작품을 다산하여야만 되는가. 다못 한 편을 남긴다 할지라도 그것이 만인의 호흡에 한가지로 작흥(作興)할 수 있다면, 시인으로서의 영광과 직책을 다하였다 할 수 있지 않는가.

　육사여! 명목(瞑目)하시라. 당신이 값 치지 않던 당신의 시로써 얻은 약속과 신념으로써 당신이 오매(悟寐) 진환(瞋患)하던 바 폭학(暴虐)이 죽고, 마침내 옳음이 백일(白日)에 빛나게 되었으니, 어찌 족하지 않으신가.

1955년 9월

청마(青馬) 지(志)

황혼

내 골방의 커―튼을 걷고
정성된 마음으로 황혼을 맞아들이노니
바다의 흰 갈매기들같이도
인간은 얼마나 외로운 것이냐

황혼아 네 부드러운 손을 힘껏 내밀라
내 뜨거운 입술을 맘대로 맞추어보련다
그리고 네 품 안에 안긴 모든 것에
나의 입술을 보내게 해다오

저 십이성좌(十二星座)의 반짝이는 별들에게도
종소리 저문 삼림 속 그윽한 수녀들에게도
시멘트 장판 위 그 많은 수인(囚人)들에게도
의지할 가지없는 그들의 심장이 얼마나 떨고 있
는가

고비사막을 걸어가는 낙타 탄 행상대(行商隊)에

게나
  아프리카 녹음(綠陰) 속 활 쏘는 토인들에게라도
  황혼아 네 부드러운 품 안에 안기는 동안이라도
  지구의 반쪽만을 나의 타는 입술에 맡겨다오

  내 오월의 골방이 아늑도 하니
  황혼아 내일도 또 저 푸른 커―튼을 걷게 하겠지
  암암(暗暗)히 사라지긴 시내물 소리 같아서
  한번 식어지면 다시는 돌아올 줄 모르나 보다

청포도

내 고장 칠월은
청포도가 익어가는 시절

이 마을 전설이 주저리주저리 열리고
먼 데 하늘이 꿈꾸며 알알이 들어와 박혀

하늘 밑 푸른 바다가 가슴을 열고
흰 돛단배가 곱게 밀려서 오면

내가 바라는 손님은 고달픈 몸으로
청포(靑袍)를 입고 찾아온다고 했으니

내 그를 맞아 이 포도를 따 먹으면
두 손은 함뿍 적셔도 좋으련

아이야 우리 식탁엔 은쟁반에
하이얀 모시수건을 마련해두렴

함뿍 '함빡'의 북한어.

노정기

목숨이란 마치 깨어진 뱃조각
여기저기 흩어져 마을이 구죽죽한 어촌보담 어설
프고
　삶의 티끌만 오래 묵은 포범(布帆)처럼 달아매었다

남들은 기뻤다는 젊은 날이었건만
밤마다 내 꿈은 서해를 밀항하는 쨍크와 같애
소금에 절고 조수에 부풀어 올랐다

항상 흐릿한 밤 암초를 벗어나면 태풍과 싸워가고
전설에 읽어본 산호도(珊瑚島)는 구경도 못하는
그곳은 남십자성(南十字星)이 비쳐주도 않았다

쫓기는 마음 지친 몸이길래
그리운 지평선을 한숨에 기오르면
시궁치는 열대 식물처럼 발목을 오여쌌다

새벽 밀물에 밀려온 거미이냐
다 삭아빠진 소라 껍질에 나는 붙어왔다
먼 항구의 노정(路程)에 흘러간 생활을 들여다보며

노정기 여행할 길의 경로와 거리를 적은 기록.
포범 베로 만든 돛.
짱크 정크(junk). 중국 연해나 하천에서 사람과 짐을 실어 나르는 데 쓰던 배.

21

연보

"너는 돌다리목에서 줘왔다"던
할머니의 핀잔이 참이라고 하자

나는 진정 강 언덕 그 마을에
버려진 문바지였는지 몰라

그러기에 열여덟 새봄은
버들피리 곡조에 불어 보내고

첫사랑이 흘러간 항구의 밤
눈물 섞어 마신 술 피보다 달더라

공명이 마다곤들 언제 말이나 했나
바람에 붙여 돌아온 고장도 비고

서리 밟고 걸어간 새벽길 위에
간(肝)잎만이 새하얗게 단풍이 들어

거미줄만 발목에 걸린다 해도
쇠사슬을 잡아맨 듯 무거워졌다

눈 위에 걸어가면 자욱이 지리라고
때로는 설레이며 바람도 불지

문바지 문 앞에 버려진 아이.

절정

매운 계절의 채찍에 갈겨
마침내 북방으로 휩쓸려오다

하늘도 그만 지쳐 끝난 고원(高原)
서릿발 칼날진 그 위에 서다

어데다 무릎을 꿇어야 하나
한 발 재겨 디딜 곳조차 없다

이러매 눈 감아 생각해볼밖에
겨울은 강철로 된 무지갠가 보다

아편

나릿한 남만(南蠻)의 밤
번제(燔祭)의 두렛불 타오르고

옥돌보다 찬 넋이 있어
홍역이 만발하는 거리로 쏠려

거리엔 '노아'의 홍수 넘쳐나고
위태한 섬 위에 빛난 별 하나

너는 고 알몸동아리 향기를
봄바다 바람 실은 돛대처럼 오라

무지개같이 황홀한 삶의 광영
죄와 곁들여도 삶직한 누리

나의 뮤―즈

아주 헐벗은 나의 뮤―즈는
한 번도 기야 싶은 날이 없어
사뭇 밤만을 왕자처럼 누려왔소

아무것도 없는 주제였만도
모든 것이 제 것인 듯 버티는 멋이야
그냥 인드라의 영토를 날라도 다닌다오

고향은 어데라 물어도 말은 않지만
처음은 정녕 북안(北岸) 매운 바람 속에 자라
대곤(大鯤)을 타고 다녔던 것이 일생의 자랑이죠

계집을 사랑커든 수염이 너무 주체스럽다도
취하면 행랑 뒷골목을 돌아서 다니며
복(祇)보다 크고 흰 귀를 자주 망토로 가리오

그러나 나와는 몇 천겁(千劫) 동안이나

바로 비취가 녹아나는 듯한 돌샘가에

향연이 벌어지면 부르는 노래란 목청이 외골수요

밤도 시진하고 닭소리 들릴 때면

그만 그는 별 계단을 성큼 성큼 올라가고

나는 촛불도 꺼져 백합 꽃밭에 옷깃이 젖도록

잤소

대곤 큰 물고기.
복 보자기.

교목

푸른 하늘에 닿을 듯이
세월에 불타고 우뚝 남아 서서
차라리 봄도 꽃피진 말아라

낡은 거미집 휘두르고
끝없는 꿈길에 혼자 설레이는
마음은 아예 뉘우침 아니라

검은 그림자 쓸쓸하면
마침내 호수 속 깊이 거꾸러져
차마 바람도 흔들진 못해라

아미娥眉
— 구름의 백작부인

향수(鄕愁)에 철나면 눈썹이 기난이요
바다랑 바람이랑 그 사이 태어났고
나라마다 어진 풍속에 자랐겠죠

짓푸른 깁장(帳)을 나서면 그 몸매
하이얀 깃옷은 휘둘러 눈부시고
정녕 왈츠라도 추실란가 봐요

햇살같이 펼쳐진 부채는 감춰도
도톰한 손결 교소(嬌笑)를 가루어서
공주의 홀(笏)보다 깨끗이 떨리오

언제나 모듬에 지쳐서 돌아오면
꽃다발 향기조차 기억만 새로워라
찬젓때 소리에다 옷끈을 흘려보내고

촛불처럼 타오르는 가슴속 사념(思念)은
진정 누구를 아끼시는 속죄라오
발아래 가득히 황혼이 나우리치오

달빛은 서늘한 원주(圓柱) 아래 듭시면
장미 쪄 이고 장미 쪄 흩으시고
아련히 가시는 곳 그 어딘가 보이오

깁장 깁(명주실로 바탕을 조금 거칠게 짠 비단)으로 만든 모기장이나 장막.
찬젓때 찬 젓대(피리).

자야곡 子夜曲

수만호 빛이래야 할 내 고향이언만
노랑나비도 오잖는 무덤 위에 이끼만 푸르러라

슬픔도 자랑도 집어삼키는 검은 꿈
파이프엔 조용히 타오르는 꽃불도 향기론데

연기는 돛대처럼 날려 항구에 들고
옛날의 들창마다 눈동자엔 짠 소금이 저려

바람 불고 눈보라 치잖으면 못살이라
매운 술을 마셔 돌아가는 그림자 발자취 소리

숨 막힐 마음속에 어데 강물이 흐르느뇨
달은 강을 따르고 나는 차디찬 강 맘에 드리느라

수만호 빛이래야 할 내 고향이언만
노랑나비도 오잖는 무덤 위에 이끼만 푸르러라

호수

내여달리고 저운 마음이련마는
바람 씻은 듯 다시 명상하는 눈동자

때로 백조를 불러 휘날려보기도 하건만
그만 기슭을 안고 돌아누워 흑흑 느끼는 밤

희미한 별 그림자를 씹어 놓이는 동안
자줏빛 안개 가벼운 명모(瞑帽)같이 내려 씌운다

소년에게

차디찬 아침 이슬
진주가 빛나는 못가
연꽃 하나 다복이 피고

소년아 네가 낳다니
맑은 넋에 깃들여
박꽃처럼 자랐세라

큰 강 목 놓아 흘러
여울은 흰 돌 쪽마다
소리 석양을 새기고

너는 준마(駿馬) 달리며
죽도(竹刀) 져 곧은 기운을
목숨같이 사랑했거늘

거리를 쫓아다녀도

분수 있는 풍경 속에
동상답게 서 봐도 좋다

서풍 뺨을 스치고
하늘 한가 구름 뜨는 곳
희고 푸른 지음을 노래하며

그래 가락은 흔들리고
별들 춥다 얼어붙고
너조차 미친들 어떠랴

그래 가락 시 원문에는 '그래 가락'으로 되어 있으나, '노랫가락'을 잘못
표기한 것으로 추정.

강 건너간 노래

섣달에도 보름께 달 밝은 밤
앞냇강 쨍쨍 얼어 조이던 밤에
내가 부르던 노래는 강 건너갔소

강 건너 하늘 끝에 사막도 닿은 곳
내 노래는 제비같이 날러서 갔소

못 잊을 계집애나 집조차 없다기
가기는 갔지만 어린 날개 지치면
그만 어느 모래불에 떨어져 타 죽겠소

사막은 끝없이 푸른 하늘이 덮여
눈물 먹은 별들이 조상(弔喪) 오는 밤

밤은 옛일을 무지개보다 곱게 짜내나니
한 가락 여기 두고 또 한 가락 어데멘가
내가 부른 노래는 그 밤에 강 건너갔소

파초芭蕉

항상 앓는 숨결이 오늘은
해월(海月)처럼 게을러 은(銀)빛 물결에 뜨나니

파초 너의 푸른 옷깃을 들어
이닷 타는 입술을 축여주렴

그 옛적 사라센의 마지막 날엔
기약 없이 흩어진 두 낱 넋이었어라

젊은 여인들의 잡아 못 논 소매 끝엔
고운 소금조차 아즉 꿈을 짜는데

먼 성좌(星座)와 새로운 꽃들을 볼 때마다
잊었던 계절을 몇 번 눈 위에 그렸느뇨

차라리 천년 뒤 이 가을밤 나와 함께
빗소리는 얼마나 긴가 재어보자

그리고 새벽하늘 어데 무지개 서면
무지개 밟고 다시 끝없이 헤어지세

반묘斑猫

어느 사막의 나라 유폐된 후궁의 넋이기에
몸과 마음도 아롱져 근심스러워라

칠색(七色) 바다를 건너서 와도 그냥 눈동자에
고향의 황혼을 간직해 서럽지 않뇨

사람의 품에 깃들면 등을 굽히는 짓새
산맥을 느낄사록 끝없이 게을러라

그 적은 포효는 어느 조선(祖先)때 유전(遺傳)이길래
마노(瑪瑙)의 노래야 한층 더 잔조우리라

그보다 뜰 안에 흰나비 나직이 날라올 땐
한낮의 태양과 튤립 한 송이 지킴직하고

반묘 얼룩 고양이.
잔조우리라 움직이는 모양새가 작아 잔잔함.

독백

운모(雲母)처럼 희고 찬 얼굴
그냥 주검에 물든 줄 아나
내 지금 달 아래 서서 있네

높대보다 높다란 어깨
얄은 구름 쪽 거미줄 가려
파도나 바람을 귀밑에 듣네

갈매긴 양 떠도는 심사
어데 하난들 끝간 델 아리
오롯한 사념(思念)을 기폭(旗幅)에 흘리네

선창(船窓)마다 푸른 막 치고
촛불 향수에 찌르르 타면
운하(運河)는 밤마다 무지개 지네

박쥐 같은 날개나 펴면
아주 흐린 날 그림자 속에
떠서는 날잖는 사복이 됨세

닭소리나 들리면 가랴
안개 뽀얗게 내리는 새벽
그곳을 가만히 내려서 감세

일식

쟁반에 먹물을 담아 햇살을 비쳐본 어린 날
불개는 그만 하나밖에 없는 내 날을 먹었다

날과 땅이 한 줄 위에 돈다는 고 순간만이라도
차라리 헛말이기를 밤마다 정녕 빌어도 보았다

마침내 가슴은 동굴보다 어두워 설레인고녀
다만 한 봉오리 피려는 장미 벌레가 좀치렸다

그래서 더 예쁘고 진정 덧없지 아니하냐
또 어데 다른 하늘을 얻어
이슬 젖은 별빛에 가꾸련다

해후 邂逅

　모든 별들이 비춰 계단을 내리고 풍악소리 바로 조수처럼 부풀어 오르던 그 밤 우리는 바다의 전당을 떠났다

　가을꽃을 하직하는 나비모냥 떨어져선 다시 가까이 되돌아보곤 또 멀어지던 흰 날개 위엔 볕살도 따겁더라

　머나먼 기억은 끝없는 나그네의 시름 속에 자라나는 너를 간직하고 너도 나를 아껴 항상 단조한 물결에 익었다

　그러나 물결은 흔들려 끝끝내 보이지 않고 나조차 계절풍의 넋이 같이 휩쓸려 정치못 일곱 바다에 밀렸거늘

너는 무삼 일로 사막의 공주 같아 연지 찍은 붉은 입술을 내 근심에 표백된 돛대에 거느뇨 오 안타까운 신월(新月)

때론 너를 불러 꿈마다 눈 덮인 내 섬 속 투명한 영락(玲珞)으로 세운 집안에 머리 푼 알몸을 황금 항쇄(項鎖) 족쇄로 매어두고

귓밤에 우는 구슬과 사슬 끊는 소리 들으며 나는 이름도 모를 꽃밭에 물을 뿌리며 먼 다음 날을 빌었더니

꽃들이 피면 향기에 취한 나는 잠든 틈을 타 너는 온갖 화판(花瓣)을 따서 날개를 붙이고 그만 어데로 날러 갔더냐

지금 놀이 내려 선창(船窓)이 고향의 하늘보다 둥글거늘 검은 망토를 두르기는 지나간 세기의 상장(喪章) 같아 슬프지 않은가

차라리 그 고운 손에 흰 수건을 날리렴 허무의
분수령에 앞날의 깃발을 걸고 너와 나와는 또 흐르
자 부끄럽게 흐르자

광야

까마득한 날에
하늘이 처음 열리고
어데 닭 우는 소리 들렸으랴

모든 산맥들이
바다를 연모해 휘달릴 때도
차마 이곳을 범하던 못하였으리라

끊임없는 광음(光陰)을
부지런한 계절이 피어선 지고
큰 강물이 비로소 길을 열었다

지금 눈 내리고
매화 향기 홀로 아득하니
내 여기 가난한 노래의 씨를 뿌려라

다시 천고(千古)의 뒤에
백마 타고 오는 초인(超人)이 있어
이 광야에서 목 놓아 부르게 하리라

꽃

동방은 하늘도 다 끝나고
비 한 방울 내리잖는 그때에도
오히려 꽃은 빨갛게 피지 않는가
내 목숨을 꾸며 쉬임 없는 날이여

북쪽 툰드라에도 찬 새벽은
눈 속 깊이 꽃맹아리가 옴짝거려
제비 떼 까맣게 날라오길 기다리나니
마침내 저버리지 못할 약속이여

한 바다 복판 용솟음치는 곳
바람결 따라 타오르는 꽃 성(城)에는
나비처럼 취하는 회상의 무리들아
오늘 내 여기서 너를 불러 보노라

편복 蝙蝠

광명을 배반한 아득한 동굴에서
다 썩은 들보가 무너진 성채 위 너 홀로 돌아다
니는
가엾은 박쥐여! 어둠의 왕자여!
쥐는 너를 버리고 부잣집 곳간으로 도망했고
대붕(大鵬)도 북해로 날아간 지 이미 오래거늘
검은 세기에 상장(喪葬)이 갈가리 찢어진 긴 동안
비둘기 같은 사랑을 한 번도 속삭여 보지도 못한
가엾은 박쥐여! 고독한 유령이여!

앵무와 함께 종알대어 보지도 못하고
딱따구리처럼 고목을 쪼아 울리도 못하거니
만호보다 노란 눈깔은 유전(遺傳)을 원망한들 무
엇하랴
서러운 주문(呪文)일사 못 외인 고민의 이빨을 갈며
종족과 횃(塒)을 잃어도 갈 곳조차 없는
가엾은 박쥐여! 영원한 보헤미안의 넋이여!

제 정열에 못 이겨 타서 죽는 불사조는 아닐망정
공산(空山) 잠긴 달에 울어 새는 두견새 흘리는 피는
그래도 사람의 심금을 흔들어 눈물을 짜내지 않는가!

날카로운 발톱이 암사슴의 연한 간(肝)을 노려도 봤을
너의 먼 조선(祖先)의 영화롭던 한 시절 역사도
이제는 '아이누'의 가계(家系)와도 같이 서러워라
가엾은 박쥐여! 멸망하는 겨레여!

운명의 제단에 가늘게 하는 향불마저 꺼졌거든
그 많은 새 짐승에 빌부칠 애교라도 가졌단 말가?
상금조(相琴鳥)처럼 고운 뺨을 채롱에 팔지도 못하는 너는
한 토막 꿈조차 못 꾸고 다시 동굴로 돌아가거니
가엾은 박쥐여! 검은 화석(化石)의 요정이여!

산사기

S군(君)! 나는 지금 그대가 일찍이 와서 본 일이 있는 S사(寺)에 와서 있는 것이다.

그때, 이 사찰 부근의 지리라든지 경치에 대해서는, 그대가 나보다 잘 알고 있겠으므로 여기에 더 쓰지는 않겠다.

그러나 지금 내가 앉아 있는 이 숙사(宿舍)는 근년에 새로이 된 건축이라서, 아마도 그대가 보지 못한 것이리라. 하지만 그 청렬(淸冽)한 시냇물을 향해서 사면(四面)의 침엽수해중(針葉樹海中)에서 오직 이 집안은 울창한 활엽수가 우거져 있기 때문에, 문 앞에 손이 닿을 만한 곳에 꾀꼬리란 놈이 와 앉아서, 한시도 쉴 새 없이 노래를 불러주는 것이다. 내 본래 저를 해칠 마음이 없는지라, 저도 그런 눈치를 챘는지, 아주 안심하고 아랫가지에서 윗가지로 윗가지에서 아랫가지로, 오르락내리락 매끄러운 목청이란 귀엽기도 하려니와, 고 노란 놈이 꼬리를 까부는 것이 재롱스러워, 나에게 날러오라고 손을 내밀

면, 머―ㄴ 가지로 날라가고, 어디선가 깊은 산골에
서 뻐꾹새 소리가 들려오곤 하는데, 돌 틈을 새어
흘러가는 시냇물이 흰 돌 위에 부서지는 음향이란,
또한 정들일 수 있는 풍경의 하나이다.

　S군! 그대와 우리들의 친한 동무들이 이 글을 읽
을 때는, 아마 나도 이 산사를 떠나서 어느 해변이
나, 또는 아무도 일찍이 가본 일이 없는 도서(島嶼)
속에 가서 있을지도 모르고, 내가 지금 붓을 들고
앉아 있는 책상 앞에는, 도회로부터 새로 온 선남선
녀들이 모여 앉아 화투를 치거나, 마작을 하는 따위
의 다른 풍속이 벌어지리라. 그러므로 이런 생각을
하면 모처럼 얻은 오늘의 유쾌한 기억을 더럽힐까
봐 소름이 끼칠 것만 같다.

　S군! 그러면 내가 금번 이곳에 온 이유가 어디 있
는가도 생각해 보리라. 그러나 이유란 것이 별로이
없다는 것은 내 서울을 떠날 때, 그대에게 부친 엽
서와 같은 것이다. 다시 말하면, 여행이란 이유가
필요하다면 그것은 여행이 아니고 사무인 까닭이
다. 그러므로 내가 여행을 한다는 것은 여정(旅情)
을 느낄 수 있으면 그만이다. 그래서 날씨가 개이면
개였다고 흐리면 흐렸다고 바람이 불면 바람이 분

다고, 봄이면 봄이라고, 여름은 여름이라고, 가을은
가을이라고, 이렇게 나는 여정을 느껴보고 산으로
가고자 하면 산으로, 바다로 가고자 하면 바다로,
가는 것이다. 그도 계획을 한다거나 결의를 한다면,
벌써 여정은 사라지고 마는 것이니깐, 한 번 척 느
꼈을 때는 출발이다. 누구에게 알려야 한다든지, 또
여장(旅裝)을 차려야 한다면, 그는 벌써 뜻대로 되
지 못하는 것이다.

그러나 나의 경우에 출발시를 앞두고 그대에게
엽서 한 장을 쓴다거나, 내 아우에게 전화를 걸어서
지금 가는데 어디 언제 서울에 온다고 하면, 그것
도 나에겐 일종의 여정이지 결코 의무의 수행은 아
니다. 그러므로 내가 속마음으로 어딜 좀 가보았으
면 하는 생각을 했을 나는, 벌써 여행 중에 있는 것
이다.

그런데 짚신도 제 짝이 있는 법이라. 나와 같이
이런 사람도 뜻이 비슷한 사람이 있어 마침 만나게
되자, 그 C라는 동무가 바다로 가자는 말을 하였고,
나도 그러자고 의논(議論)이 일치하자, 간다는 것이
도시로도 미완성이고, 항구로도 설익은 곳이라, 먼
데서 오신 손님을 대접하는 데는 아직 몰풍정(沒風

情)하기 짝이 없었다. 그래서 하룻밤을 지나고 표연히 차(車)에 오르니, 웬만하면, 서울로 바로 오는 것이 보통이겠는데, 여기에 나라는 사람의 서울에 대한 감정이란 또한 남달리 '델리케—트'한 것이 있어, 그다지 수월한 것이 아니란 것은 마치 명가집 자식이 성격에 못 맞는 결혼을 하고 별거를 하다가, 부득이한 사정이라도 있어 때때로 본가로 돌아오지 않으면 안 될 그때의 심경과 방불한 것이다.

그래서 될 수만 있으면 술집에라도 들러서 얼근하게 한잔하고 오듯이, 나 역시 서울이 가까워 오면 슬쩍 옆길로 들어서서 한참 동안이라도 딴청을 떼보는 것인데, 금번 이 산사를 찾아온 것도 그 본의가 명산대천에 불공을 드리고 타관객지(他關客地)에서 괄시를 받지 않으려는 게 아니라, 한잔 들고 흥청대보려는 수작이었는데, 웬걸 와서 보니 동천(洞天)에 들어서면서부터 낙락장송이 우거진 사이 '오줌' 냄새가 물씬 나는 산협을 물소리 들으며 찾아들면, 천년 고찰의 태고연한 가람이 즐비하고 북소리 둥둥 나면, 가사 입은 늙은 중들은 읍(揖)하고 인사하는 풍습도 오랫동안 못 보든 거라, 새롭고 정중한 것이었다.

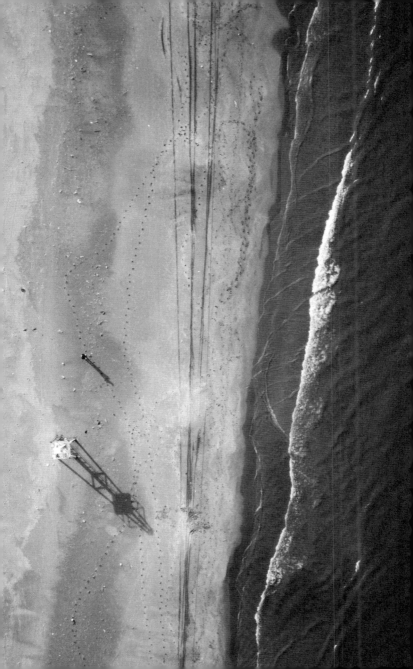

S군! 나라는 사람이 이 순간 이곳에서 무엇을 느꼈으리라고 그대는 생각하는가? 속담에 절에 오면 중이 되고 싶다는 말이야 있지마는, 설마한들 내가 세상의 모든 사물과 일시에 인연을 끊고 공산나월(空山蘿月)에 두견을 벗을 삼아 염불 공부로 일생을 덧없이 보낼 리야 있으랴마는, 그래도 생각해 볼 것은 인간의 '운명'이라는 것이다. 영원히 남에게 연민은커녕 동정 그것까지도 완전히 거부할 수 있는 비극의 '히―로'에 대해서 말이다. 그러므로 사람 놈들은 결국 되는대로 살아지는 것이 가장 풍자적이고, 그러므로 최대의 비극은 최대의 풍자와 혈연을 가지는 동시에, 아주 허탈한 맛이 있는 것이다.

바로 이때이다. 나와 동행한 C는 산비탈을 내려오며 목가(牧歌)를 부르는 것이었다.

아마도 '치를 알프스'를 오르내리는 양치는 노인을 생각해 낸 모양이었다. 석양도 재를 넘고 시냇물도 찬 기운이 점점 더해오면 올수록 사하촌(寺下村)의 뜨뜻한 산챗국이 여간한 유혹이 아닌 것이다. S군! 우리가 평소 도시에 살면 생활의 태반은 관능의 지배를 받는 것이지마는 이런 산간벽지로 찾아오면 거의는 본능의 지배를 만족히 알면 그만이다.

S군! 이런 말은 이제 새삼스리 늘어봐 보았자 그대가 그다지 흥미를 느낄 것은 아니라 그만두거니와, 내가 여기 와서 진정 생각해 보는 것은 해당화다. 옛날 우리 향장(鄕莊)에는 화단에 해당화가 많이 심겨 있었는데, 내가 어릴 때 그 꽃을 꺾어서 유리병에 꽂아놓으면, 내 어린 아우들이 와서 그것을 제 책상 위에 가져다 놓는 것이고, 나는 다시 내 책상 위로 찾아오면, 그것이 그만 싸움이 되고 했는데, 지금쯤 생각하면 어릴 때 일이라, 도리어 우습고 하나, 오늘 이곳에서 해당화가 만발한 것을 보니, 내 동년(童年)이 무척 그립고저워라.

　S군! 그런데 이곳 사람들을 보아 하니, 산간 사람이라, 어디다 할 것 없이 순박한 맛은 그리 없는 바 아니나, 기왕 해당화를 심으려면 그 맑은 시냇물가로 심었으면, 나중 피는 놈은 푸른 잎 사이에 타는 듯한 정열을 찍어 붙여서 옅은 그늘 사이로 으수이 조화되는 계절을 자랑도 하려니와, 먼저 지는 놈은 흰 돌 위에 부서지는 물결 위에 붉은 조수를 띄워 가면, 얼마나 아름다운 풍정(風情)이겠나? 하물며 화판(花瓣)이 산 밖으로 흘러가서 산외(山外)에 어자(漁子)가 알고 오면, 어쩔까 하는 공구(恐懼)하는 마

음이 이곳 사람들에게도 있을 수 있다면, 아마 나까지 이 글을 써서 산외에 있는 그대에게 알리는 것을 혐의스리하리라. 그러나 S군! 역시 산맹(山氓)들이라 밉기도 하려니와 사랑할 수도 있는 사람들이다. 그러면 오늘은 이만하고 뒷산 숲 사이에 부엉이가 밤을 울어 새일 동안, 나는 이곳에서 꿈을 맺어 볼까 한다.

그러나 다음 내 글이 그대에게 닿을 때는, 벌써 나는 다른 산간이나 또는 해상(海上)에 별과 별 사이의 거리를 헤아려 보면서 지금과는 다른 생각을 하고 있는 줄 알아라.

발跋

　중부(仲父) 육사 선생(陸士先生)이 북경옥리(北京獄
裡)에서 원서(寃逝)하신 지 이미 십 년에다 또 새해
를 더한다. 종자(從子) 비록 유치한 때이나 다시금
세월의 뜻 없음을 한(恨)하면서 자욱마다 피고인 신
산(辛酸)한 공(公)의 일생을 회고해 본다.

　1926년 공이 두 번째 북경에서 대구에 도착하셨
을 때 조선은행 폭탄 사건이 돌발되었음으로 인하
여 공의 과거 자취에 비추어 삼안(三雁)이 함께 체
포된바 왜놈들의 모진 채찍 아래 삼개성상(三個星
霜) 긴 세월을 오히려 꽃은 빨갛게 피지 않았던가.
이때 대구형무소에 복역 중 감방 번호가 '64번'이
었다. 그리하여 조석(朝夕)으로 놈들이 '육사(六四)'
하고 부르는 인칭대명사를 스스로 '육사(陸史)'로
고쳐 아호로 쓰시게 하고 여기에다 자위(自慰)하여
족하게 생각하신가 여겨진다.

　이러한 실경(實經)에서 일제 폭악은 공으로 하여
금 날로 조국과 민족에 대하여 애정을 불타게 하

는 것이었다. 그래서 문학청년이 아니었던 공이 삼십고개를 넘어서 비로소 시를 쓰기 시작해서 그처럼도 시를 좋아했던 것은 아마 공의 혁명적 정열과 의욕이 그대로 타다 못해 터지는 폭백을 시에다 빙자하여 풀어보려고 한 것이며 또 매양 다하지 못한 꿈을 이루어 본 것이리라. 그러매 공의 천품이 초강(楚剛)한대로 또 관인온후(寬仁溫厚)한 성격의 소유자로 일제에게는 요시인(要視人)으로 감시를 받는 몸이 되었다.

진정 공의 생활이 〈절정〉에서 말하는바 '어데다 무릎을 꿇어야 하나 한 발 재겨 디딜 곳조차 없다', 바로 그것이 모두 다 생각하면 빈궁과 투옥과 풍찬노숙(風餐露宿)하는 나그네의 사십 평생에 짧고 긴 계절을 27회나 감방으로 드나드는 생활이 어찌 하루의 영일(寧日)이 있었으랴!

명호(嗚呼)라! 오늘 같은 시대에 무척 인간이 그립다.

어쩌면 공은 시인으로 족하게 생각할 것이오나 바꾸어진 생명이 오히려 시인으로 본령을 삼았던들 20여 편의 시작으로야 만족할 수 있었으랴. 공의 또 다른 수적(手蹟)을 찾아볼 수 없음도 간과할

수 없는 파탄된 생활의 소치임에 틀림이 없다.

돌이켜보면 8·15 이후 불비(不備)한 대로라도 공의 유고를 모아 간행된 시집이 6·25의 수란(受亂)을 겪고 난 오늘날 일터에나 집안에서 더욱 공이 아쉽고 요구된다. 그리하여 공의 구교(舊交)와 향토 문화인들의 정식(情識)으로 구고(舊稿)에다 〈편복〉과 〈산사기〉 2편을 더하여 간행케 된 것은 공의 체취의 향기를 가까이 하자는 데 의의를 가지고 이에 임하여 서문에 청마, 그리고 범조사(凡潮社) 김대현 씨, 향토 제씨(鄕土諸氏)에게 못내 감사와 경의를 표하며 눈물이 가려 하나를 건지고 백을 빠트린다.

육사 선생 역책 후 13년 병신 일월 기일

(陸史先生易簀後十三年丙申一月忌日)

종자(從子) 동영 근식(謹識)

2부

한 개의 별을 노래하자

춘수삼제 春愁三題

I

이른 아침 골목길을 미나리 장수가 길게 외고 갑니다

할머니의 흐린 동자(瞳子)는 창공에 무엇을 달리시는지

아마도 ×에 간 맏아들의 입맛(味覺)을 그려나 보나 봐요

II

시냇가 버드나무 이따금 흐느적거립니다

표모(漂母)의 방망이 소린 왜 저리 모날까요

쨍쨍한 이 볕살에 누더기만 빨기는 짜증이 난 게죠

III

빌딩의 피뢰침에 아지랑이 걸려서 헐떡거립니다

돌아온 제비 떼 포사선(抛射線)을 그리며 날려 재
재거리는 건 깃들인 옛 집터를 찾아 못 찾는 괴롬
같구려

한 개의 별을 노래하자

한 개의 별을 노래하자 꼭 한 개의 별을
십이성좌(十二星座) 그 숱한 별을 어쩌나 노래하
겠니

꼭 한 개의 별! 아침 날 때 보고 저녁 들 때도 보
는 별
우리들과 아―주 친하고 그중 빛나는 별을 노래
하자
아름다운 미래를 꾸며 볼 동방의 큰 별을 가지자

한 개의 별을 가지는 건 한 개의 지구를 갖는 것
아롱진 설움밖에 잃을 것도 없는 낡은 이 땅에서
한 개의 새로운 지구를 차지할 오는 날의 기쁜
노래를
목 안에 핏대를 올려가며 마음껏 불러보자

처녀의 눈동자를 느끼며 돌아가는 군수야업의 젊

은 동무들

　푸른 샘을 그리는 고달픈 사막의 행상대도 마음
을 축여라

　화전(火田)에 돌을 줍는 백성들도 옥야천리를 차
지하자

　다 같이 제멋에 알맞은 풍양(豊穰)한 지구의 주재
자로

　임자 없는 한 개의 별을 가질 노래를 부르자

　한 개의 별 한 개의 지구 단단히 다져진 그 땅 위에

　모든 생산의 씨를 우리의 손으로 휘뿌려 보자

　앵속처럼 찬란한 열매를 거두는 찬연(餐宴)엔

　예의에 끄림없는 반취(半醉)의 노래라도 불러보자

　염리한 사람들을 다스리는 신(神)이란 항상 거룩
합시니

　새 별을 찾아가는 이민들의 그 틈엔 안 끼어 갈
테니

　새로운 지구엔 단죄(罪) 없는 노래를 진주처럼 흘
이자

한 개의 별을 노래하자 다만 한 개의 별일망정
한 개 또 한 개의 십이성좌 모든 별을 노래하자

해조사 海潮詞

동방(洞房)을 찾아드는 신부(新婦)의 발자취같이
조심스리 걸어오는 고이한 소리!
해조(海潮)의 소리는 네모진 내 들창을 열다
이 밤에 나를 부르는 이 없으련만?

남생이 등같이 외로운 이 서―ㅁ 밤을
싸고 오는 소리! 고이한 침략자여!
내 보고(寶庫)를, 문을 흔드는 건 그 누군고?
영주(領主)인 나의 한 마디 허락도 없이

'코―카서스' 평원을 달리는 말굽 소리보다
한층 요란한 소리! 고이한 약탈자여!
내 정열밖에 너들에 뺏길 게 무엇이료
가난한 귀향살이 손님은 파리하다

올 때는 왜 그리 호기롭게 몰려와서
너들의 숨결이 밀수자(密輸者)같이 헐데느냐

오— 그것은 나에게 호소하는 말 못할 울분인가?
내 고성(古城)엔 밤이 무겁게 깊어 가는데

쇠줄에 끌려 걷는 수인(囚人)들의 무거운 발소리!
옛날의 기억을 아롱지게 수(繡)놓는 고이한 소리!
해방을 약속하던 그날 밤의 음모를
먼동이 트기 전 또다시 속삭여 보렴인가?

검은 벨을 쓰고 오는 젊은 여승들의 부르짖음
고이한 소리! 발밑을 지나며 흑흑 느끼는 건
어느 사원을 탈주해 온 어여쁜 청춘의 반역인고?
시들었던 내 항분(亢奮)도 해조처럼 부풀어 오르
는 이 밤에

이 밤에 날 부를 이 없거늘! 고이한 소리!
광야를 울리는 불 맞은 사자(獅子)의 신음인가?
오 소리는 장엄한 네 생애의 마지막 포효!
내 고도(孤島)의 매태 낀 성곽을 깨뜨려다오!

산실(産室)을 새어나는 분만의 큰 괴로움!
한밤에 찾아올 귀여운 손님을 맞이하자

소리! 고이한 소리! 지축(地軸)이 메지게 달려와
고요한 섬 밤을 지새게 하는고녀

거인의 탄생을 축복하는 노래의 합주!
하늘에 사무치는 거룩한 기쁨의 소리!
해조는 가을을 불러 내 가슴을 어루만지며
잠드는 넋을 부르다 오— 해조! 해조의 소리!

소공원小公園

한낮은 햇발이
백공작 꼬리 위에 함북 퍼지고

그넘에 비둘기 보리밭에 두고 온
사랑이 그립다고 근심스레 코고을며

해오래비 청춘을 물가에 흘려보냈다고
쭈그리고 앉아 비를 부르건마는

흰 오리 떼만 분주히 미끼를 찾아
자무락질치는 소리 약간 들리고

언덕은 잔디밭 파라솔 돌리는 이국소녀(異國少女) 둘
해당화 같은 뺨을 돌려 망향가(望鄕歌)도 부른다

남한산성

넌 제왕(帝王)에 길들인 교룡(交龍)
화석(化石)되는 마음에 이끼가 끼여

승천하는 꿈을 길러 준 열수(洌水)
목이 째지라 울어예가도

저녁 놀빛을 걷어 올리고
어데 비바람 있음즉도 안 해라

실제失題

하늘이 높기도 하다
고무풍선 같은 첫겨울 달을
누구의 입김으로 불어 올렸는지?
그도 반 넘어 서쪽에 기울어졌다

행랑 뒷골목 호젓한 상술집엔
팔려 온 냉해지(冷害地) 처녀를 둘러싸고
대학생의 지질숙한 눈초리가
사상선도의 염탐꾼 밑에 떨고 있다

라디오의 수양강화가 끝이 났는지?
마―장 구락부 문간은 하품을 치고
빌딩 돌담에 꿈을 그리는 거지새끼만
이 도시의 양심을 지키나 보다

바람은 밤을 집어삼키고
아득한 가스 속을 흘러서 가니

거리의 주인공인 해태의 눈깔은
언제나 말갛게 푸르러 오노

광인의 태양

분명 라이플 선(線)을 튕겨서 올라
그냥 화화(火華)처럼 살아서 곱고

오랜 나달 연초(煙硝)에 끄스른
얼굴을 가리면 슬픈 공작선(孔雀扇)

거칠은 해협마다 흘긴 눈초리
항상 요충지대를 노려가다

서풍西風

서리 빛을 함북 띠고
하늘 끝없이 푸른 데서 왔다
강바닥에 깔려 있다가
갈대꽃 하얀 위를 스쳐서
장사(壯士)의 큰 칼집에 숨어서는
귀향 가는 손의 돛대도 불어주고
젊은 과부의 뺨도 희든 날
대밭에 벌레소릴 갓구어 놓고
회한(悔恨)을 사시나무 잎처럼 흔드는
네 오면 불길한 것 같아 좋아라

바다의 마음

물새 발톱은 바다를 할퀴고
바다는 바람에 입김을 분다
여기 바다의 은총이 잠자고 있다

흰 돛(白帆)은 바다를 칼질하고
바다는 하늘을 간질여본다
여기 바다의 아량(雅量)이 간직여 있다

낡은 그물은 바다를 얽고
바다는 대륙을 푸른 보로 싼다
여기 바다의 음모가 서리어 있다

초가

구겨진 하늘은 묵은 얘기책을 편 듯
돌담울이 고성(古城)같이 둘러싼 산기슭
박쥐 나래 밑에 황혼이 묻혀오면
초가 집집마다 호롱불이 켜지고
고향을 그린 묵화 한 폭 좀이 쳐

띄엄띄엄 보이는 그림 조각은
앞밭에 보리밭에 말매나물 캐러 간
가시내는 가시내와 종달새 소리에 반해
빈 바구니 차고 오긴 너무도 부끄러워
술레짠 두 뺨 우에 모매꽃이 피었고

그네 줄에 비가 오면 풍년이 든다더니
앞냇강에 씨레나무 밀려내리면
젊은이는 젊은이와 뗏목을 타고
돈 벌러 항구로 흘러간 몇 달에
서릿발 잎 져도 못 오면 바람이 분다

피로 가꾼 이삭에 참새로 날아가고
곰처럼 어린놈이 북극을 꿈꾸는데
늙은이는 늙은이와 싸우는 입김도
벽에 서려 성애 끼는 한겨울밤은
동리의 밀고자인 강물조차 얼붙는다

말馬

흐트러진 갈기
후줄근한 눈
밤송이 같은 털
오! 먼 길에 지친 말
채찍에 지친 말이여!

수굿한 목통
축 처진 꼬리
서리에 번쩍이는 네 굽
오! 구름을 헤치려는 말
새해에 소리칠 흰 말이여!

만등동산 晚登東山

천석(泉石) 좋은 곳을 택하여
서로 즐겨서 서울에 같이 있더라
술잔을 드니 마음이 큰 것을 자랑하고
해가 다 지도록 높은 곳에 올랐더라
산이 깊으니 새의 지껄임이 차고
시(詩)를 이루매 밤빛이 푸르러라
돌아가는 배가 왜 이리 급한가
별과 달이 천지에 가득하다

주난흥여 酒暖興餘

술기운과 시정(詩情)이 두 가지 한창인데
북두성은 돌고 달은 난간에 가득하다
하늘 끝 만리 뜻을 아는 이 있으니
늙은 바위 갠 노을에 한기 느끼네

근하 석정 선생 육순

천수가 이 늙은이에게 육순이 되었으니
맑은 얼굴에 흰머리 앉음새가 새로워라
지내온 한세상 느낌이 많을 텐데
멀리 고향산이 꿈에 자주 오더라

서울

어떤 시골이라도 어린애들은 있어 고놈들 꿈결조차 잊지 못할 자랑 속에 피어나 황홀하기 장미빛 바다였다

밤마다 야광충(夜光虫)들의 고운 불 아래 모여서 영화로운 잔치와 쉴 새 없는 해조(諧調)에 따라 푸른 하늘을 꾀했다는 이야기

온 누리의 심장을 거기에 느껴보겠다고 모든 길과 길들 핏줄같이 엉클어서 역(驛)마다 느릅나무가 늘어서고

긴 세월이 맴도는 그 판에 고추 먹고 뱅—뱅 찔레 먹고 뱅—뱅 넘어지면 '맘모스'의 해골처럼 흐르는 인광(燐光) 길다랗게

개아미 마치 개아미다 젊은 놈들 겁이 잔뜩 나
참아 참아하는 마음은 널 원망에 비겨 잊을 것이었
다 깍쟁이

언제나 여름이 오면 황혼의 이 뿔따귀 저 뿔따귀
에 한 줄씩 걸쳐 매고 짐짓 창공에 노려대는 거미
집이다 텅 비인

제발 바람이 세차게 불거든 케케묵은 먼지를 눈
보라마냥 날려라 녹아내리면 개천에 고놈 살무사
들 승천을 할는지

계절의 오행五行

　눈물을 흘리지 않는 사람이 되리라고 배워온 것
이 세 살 때부터 버릇이었나이다. 그렇다고 이 버릇
을 팔십까지 지킨다고는 아예 말하지도 않습니다.
그야 지금 내 눈앞에 얼마나 기쁘고 훌륭하고 착
한 것이 있을지도 모르면서 그대로 자꾸만 살아가
는 판이니 어쩌면 눈이 아슬아슬하고 몸서리나고
악한 일인들 없다고 하겠습니까? 차라리 그것은 그
악한 맛에 또는 빛에 매력을 느끼고 도취되어 갈는
지도 모르는 것입니다. 그래서도 눈물을 흘리지 않
는 사람이 된다면 그 또한 어머님의 가르침을 저버
리지 않은 방편이라고 하오리까? 딴은 내 일찍이
눈물을 흘리지 않는 사람이 되려고 마음먹어 본 열
다섯 애기시절은 '수신제가치국평천하'의 도(道)를
다 배웠다고 스스로 들떠서 남의 입으로부터 '교동
(驕童)'이란 기롱(譏弄)까지도 면치 못하였건마는 어
쩐지 이 시절이 되면 마음 한편이 허전하고 무엇이
모자라는 것만 같아 발길은 저절로 내 동리 강가로

만 가는 것이었습니다.

이렇게 말하면 누구나 그곳에 무슨 약속한 사람이라도 있었구나 하고 생각을 하면 그것은 여간 잘못된 생각이 아닙니다. 본래 내 동리란 곳은 겨우 한 백여 호나 될락 말락한 곳, 모두가 내 집안이 대대로 지켜온 이 땅에는 말도 아니고 글도 아닌 무서운 규모가 우리들을 키워 주었습니다.

지금 내가 생각해보아도 우습기도 하나 그때쯤은 으레히 그런 것이라고 생각한 것은 내 동리 동편에 왕모성(王母城)이라고 고려 공민왕이 그 모후(母后)를 뫼시고 몽진(蒙塵)하신 옛 성터로서 아직도 성지가 있지마는 대개 우리 동리에 해가 뜰 때는 이 성 위에서 뜨는 것이었고, 해가 지는 곳은 쌍봉(雙峯)이라는 전혀 수정암으로 된 두봉이 있어서 그 사이로 해가 넘어가는 것이었는데, 그렇게 해가 지면 우리가 자랄 때는 집안 어른을 뵈러 가도 떳떳이 '등롱(燈籠)'에 황촉불을 켜서 용(龍)이나 분이(粉伊)들을 들리고 다닌 것입니다. 그러나 내가 홀로 강가에 나갔을 때는 그곳에는 어화(漁火)조차 사라진 것을 보아도 내가 만날 만한 사람이 없었다는 것을 변명할 것도 없거니와 해가 떠서 넘어간 그 바로 밑에

는 낙동강이 흘러가는 것이었습니다. 낙동강이라
면 모두들 오— 네 고장은 그 무서운 홍수로 이름
난 거기냐 하고 경멸하면 그것은 낙동강을 모르는
말이로소이다. 낙동강이라면 태백산 속에도 황지
천천(黃池穿泉)에서 멍석말이처럼 솟아나는 그 샘물
의 이상을 모른대도 고이할 바는 아니오나 김해, 구
포까지 칠백 리를 흘러가는 동안에 이 골물이 졸졸
저 골물이 콸콸 열에 열두 골물이 한 데로 합수쳐
천방져 지방져 저 건너 병풍석 꽝꽝 마주쳐 흐르다
가 그 위에 여름 장마가 지면 하류에 큰물이 나나,
그에 따르는 폐단쯤은 있을 법도 한 일이오매 문죄
를 한다면 여름 장마를 할 일이지 애꿎은 낙동강이
무슨 죄오리까? 하지만 이것도 죄라면 나는 죄와
함께 자라난 것이오리까. 그래서 눈물지우지 않는
사람이 되었다면 그 또한 내 회오(悔惡)할 바 없으
랴. 하지만 내 고장이란 낙동강가에는 그 하이얀 조
각돌이 일면으로 깔리고, 그곳에서 나는 홀로 앉아
내일 아침 화단에 갖다 놓을 차디찬 괴석들을 주으
면서 그 강물 소리를 듣는 것이었습니다. 봄날 새벽
에 홍수를 섞어서 쩡쩡 소리를 내며 흐르는 소리가
청렬한 품도 좋고 여름 큰물이 내릴 때 왕양(汪洋)

한 기상도 그럴 듯하지만 무엇이 어떻다 해도 하늘
보다 푸른 물이 심연을 지날 때는 빙빙 맴을 돌고
여울을 지나자면 소낙비를 모는 소리가 나고 다시
경사가 낮은 곳을 지날 때는 서늘한 가을로부터 내
옷깃을 날리고 저 아래로 내려가면서는 큰 바위를
때려 천병만마를 달리는 형세로 자꾸만 갔습니다.
흘러 흘러서……. 그때 나는 그 물소리를 따라 어디
든지 가고 싶은 마음을 참을 수 없어 동해를 건넜
고, 어느 사이 《플루타크 영웅전》도 읽고, 《시저》나
《나폴레옹》을 다 읽은 때는 모두 가을이었습니다마
는 눈물이 무엇입니까, 얼마 안 있어 국화가 만발한
화단도 나는 잃었고 내 요람도 고목에 걸린 거미줄
처럼 날려 보냈나이다.

그리고 나는 지주(蜘蛛)가 되었나이다. 누가 지주
를 천재라고 하였나이까? 그놈은 사람이 보이지 않
는 동안 그 작은 날파리나 부드러운 나비 나래를
말아 올리고도 모른 척하고 창공을 쳐다보는 것은
위선자입니다. 그놈을 제법 황혼의 세스토프라는
말은 더욱 빈말입니다. 그 주제에 사색을 통일하려
는 듯한 얼굴은 멀쩡한 배덕자입니다. 두고 보시오.

그놈은 제 들어갈 구멍을 보살피는 게 아마 바람결을 꺼리는 겝니다. 하늘이 푸르지 않습니까.

　그래서 어느 암혈(岩穴)에라도 들어가면 한겨울 동안을 두고 무엇을 생각하리라고 믿어집니까? 거미라도 방 안에 사는 거미들은 아침 일찌거니 기어나오면 그 집에서는 그날 반가운 소식을 듣는다고 기뻐한 것은 우리 고장의 풍속이었나이다. 그래서 나의 어머니께서는 우리 형제들 가운데 누가 여행을 했을 때나 객지에 있을 때면 으레 이 아침 거미가 기어나오기를 기다렸다고 하신 말씀을 우리가 제법 장성한 때에 알았습니다마는, 지금은 우리 집 안사랑에 아침 거미가 기어나온다 해도 나의 늙으신 어머니께서는 당연히 믿지 않으셔야 옳을 것은 아시면서도 그래도 마음 한편에 행여나 어느 자식이 편지를 부칠는지 하고 바라실 것을 아는 나는 아무 말 없이 담배를 피워 무는 버릇이 늘었나이다. 담배는 이전에는 궐련을 피우는 것이 버릇이었으나, 요즘은 일을 할 때 반드시 손에 빼드는 것이 성가시고 해서 어느 날 길가에서 사 가지고 온 골통대를 피우는 것입니다. 그것을 피워 물면 그놈의 연기가 아주 천간산(淺間山)의 분연(噴煙)에다 비한단 말이겠습니까? 그야 나에게는 '폼베이 최후의 날' 같이도 생각이 되옵니다.

그것은 과연 그러하오리다. 나에게는 진정코 최후를 맞이할 세계가 머리의 한편에 있는 것입니다. 그것이 타오르는 순간 나는 얼마나 기쁘고 몸이 가벼우리까? 그러나 이 웃음의 표정은 여기에 다 쓰지는 않겠나이다. 다만 나 혼자 옅은 미소를 하였다고 생각을 해두지요, 그러나 이럴 때는 벌써 나 자신은 로마에 불을 지르고 가만히 앉아서 그 타오르는 광경을 보는 폭군 네로인지도 모릅니다. 그 거미줄같이 정교한 시가(市街)! 대리석 원주! 극장! 또는 벽화! 이 모든 것들이 타오르는 것을 보는 네로의 마음은 얼마나 통쾌하오리까? 로마가 일어난 것은 하루아침 일이 아니라, 한 말을 들으면 망하기 위하여 헐고 부릇나고 한 로마에 불을 지르고 그 찬란한 문화를 검은 오동 마차에 실어 장지(葬地)로 보내면서 호곡하는 인민들을 보는 네로! 초가삼간이 다 타도 그놈 빈대 죽는 맛이 좋다고 하는 사람의 마음과 같이 통쾌하지 않았을까요!

지금 내 머리 속에 타고 있는 내 집은 그 속에 은촛대도 있고 훌륭한 현액(懸額)도 있기는 하나 너무도 고가(古家)라 빈대가 많기로 유명한 집이었나이다.

이 집은 그나마 한쪽이 기울어서 어느 때 어떻게 쓰러질지도 모르는 것입니다. 나폴레옹이 우리 집을 쳐들어오면 나는 그것을 모스코같이 불을 지를 집이어늘, 그놈의 빈대란 흡혈귀를 전멸한다면 나는 내 집에 불을 싸지르고 로마를 태워 버린 네로가 되오리다.

이렇게 생각하는 동안 그 골통대의 담배가 모두 싸늘한 재로 화하고, 찬바람이 옷소매에 기어들 때 나는 거리로 나옵니다. 거리에는 사람들도 한산하여지고 차차로 가로등이 켜지는 까닭입니다. 까짓 껏 가로등이라면 전기회사에서 하는 장난에 틀림이 없으나 그것은 살아 있는 거리의 비애입니다. 그 내력을 들어보시오. 그도 벌써 5년 전 옛일입니다. C라는 젊은 친구와 내가 바로 이 시절에 이 등불이 켜질 때면 이 거리를 걸어 다녔습니다. 그러다가 어느 날 밤에 그를 시골로 보낸 것도 이 거리의 등불 밑이 아니겠습니까. 그 후 몇 달을 지나고 나에게 온 그의 편지에서 일 절을 써보겠나이다.

—내려와서 한 달 동안은 집안을 망친 놈이란 죄명을 쓰고 하루 한시도 지낼 수가 없었소. 우리 구

사(廏舍)에 매여 있는 종모우(種牡牛)와 같이 아무리 생각해도 살 수는 없었소.

그래서 나는 선영(先塋)이 있는 산중에 들어온 것이오. 이 산중에는 나무가 많아서 이것을 채벌하면 나는 지금 이곳에서 숯을 굽겠소. 그러나 내가 숯을 굽는다고 돈을 번다는 생각은 조금도 없소. 다만 내 홀로 이 산속에서 숯가마에 불을 싸지르고 그놈이 타오르는 것을 보기만 해도 이때까지 아무에게나 호소할 곳 없던 내 가슴속 앙앙한 울분이 한 반은 풀리는 듯하고, 복수를 한 때와도 같고 ―하던 친구가 마침내 그 아내와 사이가 둥글지 못하고 다시 서울로 와서 그 숯가마에 불을 지르고 타오를 때 통쾌하던 얘기를 몇 번이나 이 거리를 다니며 되풀이를 할 때면 해 뜻 없는 가을 날씨에 거리의 등불이 켜지곤 하였건만 지금엔 그조차 불에 살아서 그 조그마한 오동합(梧桐盒)에 뼈만 담아 고산(故山)으로 보낸 것도 3년이 넘고 나 홀로 이 거리를 가면서 가을바람에 옷깃을 날리건마는 그래도 눈물지지 않는 건 장자(長者)의 풍토일까?

거리의 상공에는 별이 빛나는 밤이었소. 밤이라도 캄캄한 한밤중은 별들의 낱수가 훨씬 더 많이 보이는 것이지마는 우리 서울 하늘에는 더구나 가을밤 서울 하늘에는 너무나 깨끗이 갠 하늘이라 별조차 낯수가 그다지 많지는 않아서 하이네가 본다면 황금 사북(鋲)을 흩어 놓은 듯하다고 감탄하는지도 모르겠소. 그러나 하이네는 하이네고 나는 나이지 사람마다 제대로 한 가지의 긍지가 있는 것을 왜 우리 서울의 가을 하늘 밑에서 울거나 웃거나, 슬픈 일이 있거나 기쁜 일이 있거나 우리는 모두 이 하늘만을 쳐다보고 부르짖은 것이 아니겠소. 그 모든 것이 내 지나간 시절의 자랑이었으니 이제 새삼스레 뉘우칠 바도 없소.

하기야 서울도 예전 같으면 아라비아의 전설에나 나올 듯한 도시이었기에 해외에서 다른 나라 사람들을 만나면 서울의 자랑을 무척도 하였겠지마는 오늘의 서울은 아주 그 모습을 볼 수가 없는 것이오. 거리를 나서면 어느 집이라도 으레 지금(地金)을 판다거나 산다거나 금광을 어쩐다는 간판들이 쭉 내리 붙어서 이것은 세계를 처음 여행하는 사람에게는 우리의 서울과 알래스카의 위치를 의심쩍게 할는지 모르겠소. 그래서 사실인즉 내 마음에 간직해 온 서울의 자랑도 이제는 그 밑천을 잃어버린

셈이오. 그러나 아직 얼마 동안 저 하늘만은 잃어버릴 염려는 없는 것이오. 그러기에 나는 서울의 하늘을 사랑하고 그 밑에서 일어났다 사라지는 일들을 모두 기억해 두었다가는 때로는 그 기억에 먼지를 덮어두는 일이 있소.

앞날을 생각하는 것은 그 일이 대수롭지 않아도 언젠가 마음 한구석에 바라는 것이나 있겠지마는 무엇 사람의 마음을 쓸쓸하게 하려는 것도 아니라오. 누구나 20이란 시절엔 가을밤 깊도록 금서(禁書)를 읽던 밤이 있으리다. 그러나 나는 그때 무슨 까닭에 야금술(冶金術)에 관한 서적을 읽어 본 일이 있었나이다.

그때 나를 담당한 Y교수는 동경에서 문학을 공부한 사람으로 그의 작품에 《안작(贋作)》이란 것이 있었습니다. 그 내용이란 건 글씨의 안품을 능구렁이 같은 상인들이 시골 놈팡이 졸부를 붙들어 놓고 능청맞게 팔아먹는 것인데, 그 독후감을 이야기했더니 그는 좋아라고 나를 붙들고 자기의 의견을 말한 뒤 고도(古都)의 가을바람이 한층 낙막(落寞)한 자금성(紫金城)을 끼고 돌면서 고서와 골동품에 대한 이야기와 역대 중국의 비명(碑銘)에 대한 지식을 가르

쳐 준 것이 인연이 되어 나는 그의 연구실을 자주
드나들게 되었나이다. 그 뒤에도 나는 Y교수를 만
나면 내가 잘 알아듣지도 못하고 사실은 알고 싶지
도 않은 고고학에 관한 이야기까지도 들려주는 것
이었습니다. 그러나 그러한 높은 지식은 내가 애써
배우려하지 않은 것이라 지금에 기억되지 않는 것
은 죄 될 바도 없지마는 그가 문학을 닦았고 문학
을 가르치면서도 야금학에 깊은 조예가 있었다는
것은 지금 생각해보아도 끔찍한 일입니다. 그러나
그가 그 야금학에 통한 이야기는 나에게 들려주지
않았으므로 일부러 묻는 것도 쑥스럽고 해서 자제
하던 차에 나와 한 반에 있는 B에게 물어보았더니
B는 한참 말이 없이 빙그레 웃다가 말하는 것이었
습니다.

Y교수는 야금학을 학술상으로만 연구하는 것이
아니라 정말 그 집에는 대장간보다도 더 복잡한 연
장이 갖추어져 있다는 것이었습니다. 그리고 그것
은 해서 무엇 하는 거냐고 물으면 안금(贋金)을 만
든다고 말을 하고는 쓸쓸히 웃기에, 안금은 만들어
무엇을 하느냐고 물으면 돼지 목에 진주를 걸어 주
는 것을 네가 아느냐고 하고는 화를 버럭 내기에,

무슨 말인지도 모르고 겁도 나고 해서 그만 아무 말도 못 했다는 것이었습니다. 그래서 나는 그 가을부터 여가만 있으면 턱없이 야금학에 관한 책을 보는 버릇을 가졌던 것입니다.

그러나 애달픈 일로는 속담에 칼은 10년을 갈면 바늘이 된다고 하지 않습니까? 그래서 그 바늘로 문구멍을 뚫어 놓았던들 그놈 코끼리란 놈이 내 방으로 기어 들어오는 것을 보기나 할 게 아닙니까? 사람이 야금에 관한 책을 봐서 안금을 만들어 보지 못하고, 칼을 갈아서 바늘을 만들지 못한 내 생애? 시골 촌 접장을 불러 물으면 "서검공허 40년(書劍空虛四十年)" 운운하고 풍자를 할지도 모르는 것입니다.

그래서 이 가을에도 저녁으로 책사(서점)에 돌아다니면서 묵은 책을 뒤져보고 했으나 어쩐지 그 Y 교수의 애교도 없는 큰 얼굴이 앞을 가려서 종시 책도 보지 못하고, 다듬이 소리만 요란한 동리 어구를 돌아오면 진주들은 먼 바다 속에서 꿈을 꾸는지 별들이 내 머리 위에서 그것을 지킬 때 나는 침실로 들어가기로 하는 것입니다.

그래서 그 별들을 쳐다보고서 잠이 들면 나는 꿈을 보는 것입니다. 내가 아주 어렸을 때 그것은 어

느 해 가을이었나이다. 그 해 가을 우리 동리에는 무슨 큰 변이 났다고 해서 모두들 산중으로 자기 집 선영(先塋)이 있는 곳이나 또는 농장이 있는 곳으로 피난을 가는 것이었고, 그때 나도 업혀서 피난을 갔었는데 그것이 아마 지금 생각하면 평생에 처음 되는 여행이었습니다. 그러나 그것이 피난가는 길이었던 만큼 포스랍지는 못하였고 나의 기억에 어렴풋이 남아 있는 것이라야 우리가 간 그 집 뒤에 감나무가 있어서 감이 조롱조롱 열리고 첫서리를 기다리느라고 탐스럽게 붉었던 것입니다. 누구나 다 시골에 있어 본 사람이면 한 번씩은 경험한 일이리다마는 요즘 서리가 오려고 하면 처마끝으로 왕벌들이 날아들지 않습니까? 그러나 그 벌들 중에도 어떤 놈은 높다랗게 날아와서는 감나무 제일 높은 가지 끝에 병든 잎사귀를 그 예리한 바늘끝으로 꼭꼭 찔러 보고는 멀리 금선(金線)을 죽 그으며 날아가는 것입니다. 그때 나는 그 벌을 잡아 달라고 나를 업고 다니던 돌이를 조르고 악을 쓰고 울기만 하면 그래도 악이 풀리고 속이 시원하여졌으며, 어른들이 나를 달래려고 온갖 유밀과(油蜜果)가 나의 미끼로 나왔겠지마는, 지금이야 울 수도 없

109

는 악을 쓸 곳도 없고 하니 그저 꿈속에나 소로의 삼림 속을 헤매는 것이었나이다.

그러던 것이 일전 내가 집을 얻은 곳은 산 위의 조그마한, 잘 말하면 양관(洋館)이 온통 소나무 숲 속에 싸여 있는 곳입니다. 집을 찾아오던 그날 석양에 어디서 날아온 놈인지 굵다란 왕벌이란 놈이 웡 소리를 내면서 처마 끝에 왔다가는 바로 정문 앞에 있는 활엽수를 한번 휙 돌아서 잎사귀 하나를 애처롭게 건드려 놓고는 기다란 줄을 그리며 날아가는 것이었습니다. 그래서 나는 다소 과분한 집인 것을 알면서도 그 집에 있기로 하였습니다. 그래 들어놓고 보니, 전후좌우가 모두 삼림이고 고요하기 짝이 없으며, 바람이 불어 솔솔이 파도가 이는 듯하고 그러면 집안은 더욱 고요해지는 것입니다. 그나마 바람뿐이오리까?

지난 밤에사 말고 비가 오는 것이고 빗소리 솔잎 사이를 새어 듣는 것이란 무슨 바늘과 같이 마음속을 기어드는 것이었나이다. 괴테가 말한 산상의 정적(靜寂)이란 이런 것이 아닐지도 모르는 것이지요. 베개 속을 들어가면 어느덧 바람이 비조차 몰고 가고 작은 시냇물이 흐르는 소리가 들리고, 벌레들이 제각기 딴 해음(諧音)으로 읊조리면 벌써 밤도 무던히 깊어졌는가 봐. 멀리서 달려가며 나던 포오키 차의 궤도를 가는 소음도 다 끊어지고 얼마 되지 않아서 다시 아침이 오고 나는 거리로 나오기를 마치 먼길을 떠나듯 합니다.

그리고 해가 져서 다시 집으로 돌아오면 행길에서 내 집이 8백 미터의 거리밖에는 되지 않고 걸어 15분에 닿을 수 있다 셈 쳐도 그 동안이 그다지 가까운 것도 아니고 까마득한 것만은 그래도 나에게는 그것이 멀다고는 생각지 않습니다. 물론 다 같은 동안이라도 활엽수가 울창할 때는 그곳이 가깝다가도 낙엽이 떨어지고 앙상한 가지만 남았을 때는 훨씬 더 멀어지는 것이 보통이고 서운한 마음도 생기련만 항상 푸를 수 있는 소나무가 빽빽이 둘러선 내 집은 정말 그렇지 않다손치더라도 별달리 나에게 가까운 것이 한 개의 방편도 되옵니다. 그야 만산홍엽(滿山紅葉)이 잦아지는 것도 곱기야 하다 한들 어느 때나 푸를 수만 있는 소나무도 영원의 고집쟁이를 흉볼 리는 없으리라. 오렌지와 같은 열매가 없다는 게나 야래향(夜來香)같은 꽃이 없다고 해도 내 마음의 기쁨도 맛볼 때가 있을지 모릅니다.

이런 생각을 되풀이하며 걷는 15분 동안에 내 손 한쪽은 포켓 속에서 쇳대를 만지작거려 봅니다. 이 놈만 있으면 나는 무슨 큰 비밀을 찾아낼 듯한 믿음이 있는 까닭이었나이다.

그러나 지금은 나는 그 쇳대를 내 집에 있는 동무에게 맡겼나이다. 그것은 내 지금에 별다른 믿음을 갖지 못한다 해도 소나무가 우거진 그 속에서 가을 기운을 마셔 보고 머릿속을 서늘케만 하면 내 염원을 다 채워 줄 수가 있는 까닭입니다. 행여 어느 밤에 이 삼림의 요정들이 찾아와서 나에게 놀기를 청하면 나는 즐겨서 그들에게 얘기를 할 것이고, 그들은 내 얘기를 슬픈 꿈같이 듣고는 새벽이 되면 별과 함께 하나씩 하나씩 사라질 것입니다. 그리하는 동안에 사실은 나의 꿈도 깨어지고 내 사랑하는 푸른 지평선도 잃어지는 것입니다. 나의 잃어진 지평선이란 게야 무엇 상글리라와 같은 허망한 것은 아닙니다.

그것은 바로 금년 봄 일입니다. 내가 남방의 어느 화전민 부락을 찾아갔던 것입니다. 해발 3천 피트, 태양과 매우 가까운 곳이었나이다. 돌과 돌이 쌓여 오르고 바위와 바위가 거듭 놓여 칡과 등(藤)이 겨

우 얽어매 놓은 그 위에 이 재에도 한 집, 저 등에
도 한 집 건너다보고 부르던 대답할 곳을 찾아가려
면 그 긴 골짜기를 내려가서 다시 10리나 올라가는
길! 그곳에서 차조, 메조를 짓고 감자를 심고, 뭇돌
과 싸워 가며 살아가는 생명이 바람 속에 흔들리는
등불과 같던 것을 나는 다시 회억(回憶)해 보는 것
입니다.

지구가 생겨서 몇 억만 년 사이 모진 풍상에 겨
우 풍화작용으로 모래가 되고 그 위에 푸른 매태와
이끼가 덮인 이 척토(瘠土)에 '생명의 기원'의 원형
같은 그곳의 노주민들과 한데 살면서 태양과 친히
회화를 하는 것으로 심심풀이를 하고 살아가며 온
갖 고독이나 비애를 맛볼지라도, '시 한 편'만 부끄
럽지 않게 쓰면 될 것을 그래 이것이 무어겠소. 날
에 날마다 거리를 나가는 내 눈동자는 사람들의 얼
굴을 향하여 고양이 눈깔처럼 하루에 몇 번씩 변해
지는 것이오. 아무리 거슬리는 꼴을 보아도 얼굴에
드러내지 않는다는 것이 군자의 도량이라고 해서
사랑하는 것은 아니오. 그 군자란 말속에 얼마나한
무책임과 무관심이 반죽이 되어 있는 것을 알고는
있는 것이오.

그러나 시인의 감정이란 얼마나 빠르고 복잡하다는 것을 세상치들이 모르는 것뿐이오. 내가 들개에게 길을 비켜 줄 수 있는 겸양을 보는 사람이 없다고 해도 정면으로 달려드는 표범을 겁내서는 한 발자국이라도 물러서지 않으려는 내 길을 사랑할 뿐이오. 그렇소이다.

내 길을 사랑하는 마음, 그것은 나 자신에 희생을 요구하는 노력이오. 이래서 나는 내 기백을 키우고 길러서 금강심(金剛心)에서 나오는 내 시를 쓸지언정 유언은 쓰지 않겠소. 그래서 쓰지 못하면 죽어 광석이 되어 내가 묻힌 척토를 향기롭게 못한다 한들 누가 말하리오. 무릇 유언이라는 것을 쓴다는 것은 80을 살고도 가을을 경험하지 못한 속배(俗輩)들이 하는 일이오. 그래서 나는 이 가을에도 아예 유언을 쓰려고는 하지 않소. 다만 나에게는 행동의 연속만이 있을 따름이오, 행동은 말이 아니고, 나에게는 시를 생각한다는 것도 행동이 되는 까닭이오. 그런데 이 행동이란 것이 있기 위해서는 나에게 무한히 너른 공간이 필요로 되어야 하련마는 숫벼룩이 꿇어앉을 만한 땅도 가지지 못한 내라, 그런 화려한 필자를 가지지 못한 덕에 나는 방안에서 혼자

곰처럼 뒹굴어 보는 것이오. 이래서 내 가을은 다 지나가고 뒤뜰에 황화(黃化) 한 포기가 피어있으니 어느 동무가 술 한 병 들고 오면 그 꽃을 따서 저 술 한잔에도 흩어주고 나도 한잔 마셔 보겠소.

계절의 표정

한여름내 모든 것이 싫었다. 말하자면 속옷을 갈아입고 넥타이를 반듯하게 잡아매고 그 귀에 양복을 말쑥하게 손질해 입는 것이 귀찮을 뿐 아니라 밥을 먹어야 한다는 것도 기실 큰 짐이었다. 어쩌면 국이 덤덤하고 장맛이 소태같이 쓰고 해서 될 수 있는 대로 사렸다.

그러자니 혹 전차 안에서나 다방 같은 데서 친한 동무를 만나서도 꼭 않아서는 안 될 인사말밖에 건네지 않았다. 속마음으로는 미안한 줄도 아는 것이지마는 하는 수 없었다. 대관절 사람이 모두 귀찮은 데는 하는 수 없었다. 그래서 금년 여름 동안은 아주 사무적인 이외에 겨우 몇 사람의 동무와 만나면 바둑을 두거나 때로는 빌리어드를 쳐봐도 손들이 많이 오는 데보다는 될 수 있으면 한산한 곳을 찾았다. 그다지 좋아하던 맥주조차 있으면 마시고 없으면 그만이었다. 그다지 자주는 못 만나도 그리울 때면 더러는 찾아가 보고자 한 적도 있었건만 도무지 몸이 듣지 않는다. 대개는 제대로 만들어진 기회에 길손처럼 만나서는 흩어지고 잠자리에 누워서 뉘우쳐 보는 것이어서 이제야 비로소 뉘우친다는 버릇이 생겼다.

그래서 여름 동안은 책 한 권 책답게 읽어 보지 못했다. 전과 같으면 하늘이 점점 맑고 높아 오는 때면 아무런 말도 없이 내 가고저운 곳으로 여행이라도 갔으련만 어쩐지 여정(旅情)조차 느껴지지 않고 몸도 마음도 착 까라지는 것이었다. 그러나 짐짓 가을에 뺨을 부비며 항분해 보고 울어라도 보고자 한 네 관습이 아직 살아 있었다는 것은 계절을 누구보다도 먼저 느낄 만한 외로움이 나에게 있었다. 그래서 나는 밤에 안두(案頭)에 쌓여 있는 시집들 중에서 가을에 읊은 시들을 한두 차례 읽어 봤다. 그 중에서 대표적이고 세상의 문학인들에게 한 번씩은 으레 외지는 것으로 폴 베를렌의 〈가을의 노래〉를 비롯하여 르미이 드 구르몽의 〈낙엽시〉와 〈가을의 노래〉는 너무도 유명한 것이지마는, 이 불란서의 시단을 잠깐 떠나서 도버해협을 건너면 존 키이츠의 〈가을에 붙이는 시〉도 좋거니와, 윌리엄

버틀러 예이츠의 〈낙엽시〉도 읽으면 어딘가 전설의 도취와 청춘의 범람과 영원에의 사모에서 출발한 이 시인의 심각해 가는 심경을 볼 수 있어 좋으려니와, 다시 대륙으로 건너오면 레나우의 〈추사(秋思)〉, 〈만추(晩秋)〉는 읊으면 읊을수록 너무나 암담하고 비창(悲愴)해서 눈이 감겨지는 것이나 다시 리리엔 크론의 〈가을〉같은 것은 인상적이고 눈부신 즉흥을 느낄 수 있는 가을이언마는 철인 니체의 〈가을〉은 그 애매의 능변으로도 수정할 수 없을 만큼 가슴을 찢어 놓는 〈가을〉이다.

여기서 다시 북구(北歐)로 눈을 돌리면 이곳은 지리적인 까닭일까, 가을이 원체 짧은 까닭일까. 가을을 읊은 시가 다른 지역보다 매우 적은 것만은 틀림이 없다. 그러나 러시아의 몇 날 안 되는 전원의 가을을 읊은 세르게이 에세닌의 〈나는 아끼지 않는다〉라든지, 〈잎 떨어진 단풍〉과 〈겨울의 예감〉 등등은 농민들의 시인으로서 그가 얼마나 망해 가는 농촌의 구각(舊殼)을 애상해 한 데 천부의 재질을 경주했는가 엿볼 수 있어 거듭거듭 외보거니와 여기서 나의 가을 시 순례는 마침내 아시아로 돌아오고

마는 것이다.

그 중에도 시문학의 세계적 고전이며 그 광희가
황황한 3천 년 전의 가을을 읊은 시전(詩傳)〈국풍
겸가장(國風兼葭章)〉을 찾아보고는 곧 번역해 보고
싶은 충동을 느끼지 않을 수는 없었다. 제 것이나
남의 것을 가릴 것 없이 고전을 번역해 본다는 데
는 망령되이 붓을 댈 것이 아니라 신중한 태도를
가질 것은 두말 할 바 아니나, 그것이 막상 문학인
데야 번역 안 될 문학이 어디 있겠느냐는 철없는
생각에 나는 그만 그 일장을 번역해 보고 말았다

갈대 우거진 가을 물가에
찬 이슬 맺어 무서리 치도다.
알뜰히 못 잊을 그 님이시고
이 강 한 가 번연히 계시련만.
물 따라 찾아 오르려 하면
길은 아득해 멀기도 멀세라.
물 따라 찾아 내리자 하면
그 얼굴 그냥 물속에 보여라.

이렇게 겨우 3장에서 1장만을 역했을 때다. 홀연

히 사지가 뒤틀리는 듯하고 오슬오슬 추우면서 입술이 메마르곤 하였다. 목 안이 갈하고 눈치가 틀리기도 하였지마는 그냥 쓰러진 채 어떻게 되었는지도 모른다. 그 다음날 아침에 자리에 일어났을 때는 머리가 무거운 것이 지난밤 일이 마치 몇천 년 전에도 꿈속에서나 지난 듯 기억에 어렴풋할 뿐이었다.

그때야 비로소 나는 병이란 것을 깨달았다. 다만 가을에 대한 감상만 같으면 심경에나 오지 육체에 올 것이 아니라고 생각했다. 그러나 딴은 때가 늦었다. 웬체 나라는 사람은 황소같이 튼튼하지는 못해도 20년 내에 물에 씻은 듯 감기 고뿔 한 번 시다이 못해 보고 병없이 지내온 터이라 병에 대한 두려워하는 마음이 없고, 때로 혹 으스스하면 좋은 양방('가미청주계란탕'이란 것이 있어 주당들은 국적을 물을 것도 없어 대개 짐작을 한다)이 있어 요번에도 그것이면 무려할 줄 알았다. 하지만 내가 병이라고 생각한 때는 병이 벌써 뿌리를 단단히 박은 때요, 사실 병이 시작된 때는 첫여름이었던 모양이다. 그래서 모든 것이 귀찮고 거북하고 말조차 여러 번 하기 싫었던 모양인데, 미련한 게 인생이고 미련한 덕분에 멋모르고 가을까지 살아 왔다는 것은 아무런 기적이 아니라 고열에 시달리면 매약점에 들어가 해열제를 한 봉 사고 아무 데나 다방에 들어가면 더운 가배와 함께 마시면 등골에 땀이 촉촉하게 젖으며 그날 볼 잡무를 다 볼 수 있는 게 신통한 일이기도 했다.

그러나 권태만은 어찌할 도리가 없었다. 여기서 나는 또 한 가지 묘책을 얻었다는 것은 요놈 쉴 새 없이 나를 습격해 오는 권태를 피하려고 하지 않고 권태를 될 수 있는 대로 친절하게 달래어서 향락하려고 했다. 그래서 홍보지 않을 만하면 사무실, 응접실, 살롱 할 것 없이 귀가 묻힐 만큼 의자에 반은 누운 듯 지내왔다. 담배를 피우며 입술을 조붓하게 오므리고 연기를 천장으로 곱게 불어 올리는 것이었다. 거기에 나는 갠 날의 무지개를 그리는 것이었다. 그뿐만 아니라 나와 마주 앉은 벗들에게 무료를 느끼지 않도록 체면을 차리자면 S는 희랍이나 로마의 신화를 이야기하는 것이고, 나도 열이 내린 틈을 타서 서반아의 종교 재판이나 〈아라비안 나이트〉의 어느 대목을 되풀이하면 그 자리는 가벼운 홍분이 스쳐갔다.

그때는 벌써 처마 끝에 제법 굵은 왕벌들이 날아 들었다간 다시 먼 곳으로 날아가고, 들길가에 보랏 빛 들국화가 멀지 못한 서릿발에 다투어 고운 날을 자랑하는 것이었다. 나는 또 길들을 걷기에 재미를 붙여 보려고도 했다. 혼자 아침 이슬이 아직 마르기 도 전에 시외의 나만 가는(나는 3,4년 동안 나 혼자 거닐어 보는 숲이었다) 그 숲속으로 갔다. 거기도 들국화는 피 어 햇살을 기울게 받아들일 때란 숲속에서만 볼 수 있는 운치와 어울려 마치 보랏빛 연기가 피어오르 는 듯 그윽해지는 것이었다. 그러나 나는 이곳을 오 래 방황할 수는 없다는 것은 으슬으슬 추워지는 까 닭이며 따라 내 몸이 앓고 있다는 표적이라 짜증이 나고, 그래서 짚고 간 지팡이로 무자비하게도 꽃송 이를 톡톡 치면 퉁겨진 꽃송이들은 낙화처럼 공중 을 날아 내 머리와 어깨 위에 지는 것이고, 나는 그 만 지쳐서 가쁜 숨을 돌리려고 마친 사람처럼 길을 찾아 나오곤 했다.

길옆 잔디밭에 앉아 숨을 돌리며 생각해 본다. 아 무리해도 올 곳은 마음은 아니었다 하지마는 길 가 는 놈은 어째서 나를 비웃고 지나는 거냐? 대체 제 놈이 무엇인데 내가 보기엔 제가 미친놈이 아니냐?

그 꼴에 양복이 무슨 양복이냐? 괘씸한 녀석하고 붙잡아 쌈이라도 한판 하지 않으면 내 화는 풀릴 것 같지 않아서 보면 벌써 그 녀석은 어딘지 가고 없다.

이 분을 어디다 푸느냐? 곰곰이 생각하면 그놈한 놈뿐만 아니라 인간 놈이란 모두가 괘씸하다. 어째서 나를 비웃고 업신여기는 거냐, 내가 누군줄 알고, 나는 아직 이 세상에 네까짓 놈들 하고 나서 있지 않다. 나는 아직 이 세상에 네까짓 놈들 하고 나서 있지 않다. 또 언제 이 세상에 태어날는지도 모르는 현현(玄玄)한 존재이다. 아니꼬운 놈들이로군 하고 별러댈 때에는 책상에 엎어진 채로 열이 40도를 오르락내리락한 때였다.

벗들이 나를 달랬다. 전지 요양을 하란 것이다. 솔깃한 말이라 시골로 떠나기로 결정을 했지만 막상 떠나려고 하니 갈 곳이 어디냐? 한 번 더 생각해 보지 않을 수 없었다. 조건을 들면 공기란 건 문제 밖이다. 어느 시골이 공기 나쁜 데야 있을라구. 얼마를 있어도 싫증이 안 날 데라야 한다. 그러면 경주로 간다고 해서 떠난 것은 박물관을 한 달쯤 봐도 금관, 옥적, 봉덕종(奉德鐘), 사사자(砂獅子)를 아무리 보아도 싫증이 날 까닭은 원체 없다. 그뿐인가, 어디 일초일목(一草一木)과 일토일석(一土一石)을 버릴 배 없지마는 임해전(臨海殿) 지초(支礎)돌만 남은 옛 궁터에서 가을 석양에 머리칼을 날리며 동남으로 첨성대를 굽어보면 아테네의 원주보다도, 로마의 원형 극장보다도 동양적인 그 주란화각(朱欄畫閣)에 금대옥패(金帶玉佩)의 쟁쟁한 옛날 소리가 들리지 않는가? 거기서 나의 정신에 끼쳐 온 자랑이 시작되지 않았느냐? 그곳에서 고열로 인해 죽는다고 하자. 그래서 내 자랑 속에서 죽는 것이 무엇이 부끄러운 일이냐? 이렇게 단단히 먹고 간 마음이지만, 내가 나의 아테네를 버리고 서울로 다시 온 이유는 시골 계신 의사 선생이 약이 없다고 서울을 짐짓 가란 것이다. 서울을 오니 할 수 없어 이곳에 떼를 쓰고 올밖에 없었다.

현주·냉광
— 나의 대용품

대용품을 얘기하기보다는 우선 적용품(適用品)의
내력을 말해 보겠소. 장신구로 말하면 양복이나 오
버가 모두 연전(年前)에 장만한 것이 되어서 속(俗)
소위 '스무'란 한 올도 섞이지 않았소.

그런데 첫여름에 교피(鮫皮) 구두를 한 켤레 신
어 본 일이 있었는데, 그 덕에 여름비가 그다지 많
이 왔는가 싶어 그만 벗어버리고 지금은 없소, 식용
품에는 가배에 다분히 딴 놈을 넣는 모양이나 넣을
때 보지 않는 만큼 그냥 마십니다마는 그도 심하면
아침에 미쓰코스에 가서 진짜를 한잔 합니다. 버터
는 요즘 대개는 고놈 '헷드'니 '라아드'니 하는 것을
주는데 아무튼 고소한 맛이 없더군요. 그래서 잼이
나 마마레드는 먹고 고놈은 그냥 버려둡니다.

그런데 대용품이라면 요즘은 모두 시국(時局)과
불가분의 관계로 생각하는 모양인데 사실은 옛날
부터 이 대용품이 있었습니다.《사례편람(四禮便覽)》

에 보면 대부(大夫)의 제(祭)에는 오탕(五湯)을 쓰는 법이었는데, 그 오탕 중에는 생치탕(生雉湯)이 한몫 끼이는 법이나, 제사가 여름이면 생치탕이 없으므로 계탕(鷄湯)을 대용하는 것이며, 술도 옛날에 자가용을 빚을 수 있을 때는 맨 처음 노란 청주를 떠서 제주(祭酒)를 봉하고 난 뒤에 손을 대접하곤 했으나, 자가용 주(酒)가 없어진 뒤는 술을 사온 것은 부정(不精)하다고 예설(禮設)에 있는 대로 냉수를 청주 대신 '현주(玄酒)'라고 쓰는 법이 있었는데, 이것은 신을 속이기 쉽다는 것보다 그들의 신에 대한 관념이 '양양히 그 위에 계신 듯'하다는 말로 보면, 나도 술 대신 현주를 마시고 혼연히 취한 듯하다고 생각해 볼까 하오.

그리고 옛날 어떤 선비는 청빈한 집이라 등잔을 켤 형세가 못 돼서 여름이면 반딧불을 잡아서 글을 읽었고, 때로는 달빛을 따라 지붕 위에서 글을 읽은 이도 있었다 하니 이도 말하자면 대용품인 것은 틀림없으나 그럴 듯 풍류이기도 하지 않소, 요즘은 화학자들이 이 반딧불과 월광을 화열(火熱), 전열(電熱) 등 모든 열광의 대용품으로 자자(孜孜)히들 연구하는 모양인데, 이러한 냉광(冷光)이 비록 완성되지 않는다 하더라도 나는 벌써부터 애용하고 있는 터이오. 지금도 나는 휘황찬란한 전열 밑에서 보다는 무엇을 사색할 필요가 있을 때는 월광(月光)을 따라 성 밑이나 산마루턱을 혼자 거닐기도 하오. 그것도 한겨울 눈이 하얗게 쌓인 위를 밤 깊이 걸어다니면 그야말로 냉광은 질식된 내 영혼을 불러 살리는 때가 있는 것이오.

무희의 봄을 찾아서
─ 박외선(朴外仙) 양 방문기

　동경을 가거든 무용 조선의 어여쁜 기사(騎士)들을 만나 보아 달라는 것이《창공》편집인들의 간절한 부탁이었다. 그러나 내가 동경에 왔을 때는 정에 끌려 거절하지 못한 것을 얼마나 후회했는지 모른다.

　그 이유로는 나같이 무용에 대해서 문외한인 사람이 그들을 만서 무엇을 어떻게 인터뷰할까 하는 것과, 동경에 있는 조선의 무용가가 몇 사람이나 되는가 하는 것이었다. 그래서 우선 내 기억에 있는 〈무용 인명 사전〉을 뒤져 보아도 15만 불의 개런티를 받고 아메리카로 간다는 최승희 여사는 예(例)의 경도(京都) 공연 무대에서 불의의 기화(奇禍)를 당했을 때이므로 동경에 있지도 않았을 뿐 아니라, 그는 자신이 '나의 자서전'이란 것을 써서 세상이 다 아는 판이니 내가 새로이 붓을 들 것도 없고, 동대 미술과를 나온 박씨는 구주(歐洲)로 무용 행각을 떠난 지 십여 일이 되었으며, 김민자 양은 그 선생인 최 여사를 따라 순연(巡演) 중에 있었으므로 만날 도리가 없고, 다만 남아 있는 한 분이 내가 이에 쓰려는 박계자 양이다.

그러나 박 양을 만나는 일순 전까지도 나는 여간 불안을 느낀 것이 아니었다. 박 양은 다카다 세이코 여사의 문하에서 수업한 지 만 5개년인 금년 5월 5일에는 자기 자신이 당당한 일개 무용가로서 무용 조선의 처녀지를 개척할 무희라면 박 양에게 너무나 과대한 짐일지는 모르나, 하여간 그 길을 걷고 있는 박 양은 봄의 시즌을 앞두고 자기의 공연 준비와 그 선생인 다카다 여사의 공연에도 없어서는 안 될 중요한 임무를 가지는 모양이었다.

내가 처음 만나던 전날 전화를 3, 4차나 걸었을 때 그 연구소 사무실의 대답에 의하면 일간 공연에 쓸 의상 준비로 외출하고 없다는 것이다. 그래서 나는 경성에서 온 사람인데 전할 말이 있으니 박 양이 들어오는 대로 전화를 걸어 달라는 부탁을 하여 두었으나, 종시 아무런 통지도 그날은 받지 못했다.

그 다음날 아침 아홉 시, 박 양의 전화를 받은 나

는 12시에 만날 것을 약속하고 정각이 30분을 지난 후 명함을 받아 든 박 양은 나를 응접실로 맞아들었다. 간단한 인사말이 끝나고 곧 내의(來意)를 말하니 어디까지나 명랑한 박 양이면서도 "아직 무엇을 알아야지요" 하는 것은 처녀다운 경양이었었다.

"처음 배우기는 17세! 글쎄, 거기 무슨 동기라든지 이유랄 거야 있나요. 소학교 시대부터 무용이 좋아서 시작했지요!" 하는 대답에 나는 '이 작은 아씨는 자기가 좋아하는 일을 끝까지 해보는 행복된 아씨로구나' 하고 속으로 한번 생각해 보는 것이 유쾌하였다.

"제일 처음 무대에 선 시일은 5년 전 10월이고, 베토벤의 〈학대받는 자에게 영광있으라〉와 〈가을〉이었지요" 하는 박 양의 눈은 무슨 광영을 꿈꾸는 듯도 하였다.

"독자적으로 공연을 한 것은 어느 때쯤 됩니까?"

"그것이 아마 재작년 봄이라고 생각합니다. 그때 창작이라고 발표한 것이 〈사랑의 꿈〉입니다" 하고는 이어서 "글쎄요! 조선의 고전 무용이라고 해도 저는 생각하기를 어떤 의상이라든지 그런 형식에 제약되려고 하지는 않습니다. 가령 옷이야 어떤 것을 입었든지 새로운 발레를 춤추려는 노력뿐입니다. 내가 이태리 무용이 된다거나 러시아 무용이라고는 할 수 없지 않아요? 다만 소박한 조선의 고전 무용에 현대적인 감각을 담아서 신흥 무용을 완성한다는 것은 조선의 문화적 정신과 전통에서 자라난 사람들이니만큼 결국 그 이데올로기에 있으리라고 밖에 아직은 더 생각지 못했습니다" 하는 박 양은 어디까지나 남국적인 정열의 주인공이었다.

"무용과 리얼리즘은?"

나는 이렇게 한 번 물어 보았다.

"선생님은 이론 방면은 무용 비평가에게 맡길 일이고 무용가는 실지에 숙련만 하라고 해요" 하면서 연막탄을 한 개 터뜨리고는, "무용이라고 리얼리즘을 전혀 부정할 수야 있나요? 그렇다고 해서 로맨티시즘도 영영 부정하긴 싫어요."

이때 하녀가 홍차와 케이크를 가져왔다. "차가 식기 전에…" 하는 박 양의 서비스도 그만하면 만점에 가깝고, 따라서 말은 다른 길로 들어가는 것이었다.

"처음 발표한 〈사랑의 꿈〉이란 어떤 무용이었던가요?"

"그건 무어 한 개 환상의 세계를 그려 보았지요" 하고 웃어 버리면서도 자기의 첫 작품인만큼 상당한 애착을 가진 듯하였다.

"한 개 무용을 제일 많이 춘 것은?"

"글쎄요, 〈카프리스〉, 〈사(死)의 도피〉 그런 것이에요. 그러나 선생과 같이 출연을 하게 되면 다른 동창들도 있고 때로는 제가 나갈 때도 있으나 대개 솔로는 선생이 나가지요.

처음 발표한 뒤의 감상이라고 하여도 제가 알 수가 있습니까? 그저 무용에만 열중했을 뿐이지요. 나중 혹 음악 신문 같은 데서 비평을 보면 매우 명랑한 춤이라고 한 것을 볼 때마다 얼굴이 홧홧해요" 하며 겸손은 하나 상당한 자신은 가지는 모양! 창작은 연구소에 들어와 3년째 되는 해부터 전부 자기가 하게 되었다 하며, 무용연구소의 시스템에 대해서 한참 동안 얘기가 계속되고 어떤 연구소는 소질만 있으면 막 뽑아 들이는 데도 있으나 다카다 연구소는 5년이란 기한을 채워야 된다는 것과 박양 자신이 5, 6명의 개인 교수를 하고 있다는 것이었다. "올해부터는 저절로 독립을 하여야 될 터인데 어트랙션을 가질 필요는?"

이렇게 속사포의 탄알 같은 질문을 해보았는데, 박 양은 유유히 한참 웃고 나서 "결국은 조선에 가야지요. 그러나 아직 부족한 게 많으니 더 준비를 해야지요. 성공을 빨리 하려고 초조하지는 않으렵니다"고 질문과는 아주 정반대로 착 까라지는 것이었다.

"조선에 와서 첫 공연을 언제 하느냐고요? 글쎄요, 금년 안으로 하겠지요마는 동경서 한 번 공연을 먼저 할 것같습니다."

"지방 순연(巡演)은 몇 번이나 다닙니까?"

"매년 춘추 2회이고 때로는 4, 5회도 되나 그것은 특별한 경우입니다. 작년 여름엔 대만에 갔다 왔는데, 요전에 대만에서 공연해 달라는 교섭이 있었어요."

"그래, 대만은 가시나요?"

"글쎄요, 될 수 있으면 조선 공연을 하고 갈까 해요. 음악은 무엇을 하느냐구요? 피아노 외에는……" 하고 한참 웃다가, "글쎄요, 무용과 일반 예술에서 제일 관계가 깊은 것은 시"라고 말하는 것이다. 그리고 박 양의 무용은 공간에 그리는 박 양의 깨끗한 환상의 시인 것이다. 그리고 얘기가 극으로 옮겨 갔을 때, "참, 무용극을 한 번 한 일이 있어요. 그것은 물론 선생과 같이 출연했는데 그 극은 〈전쟁〉이란 것이었어요. 공연날이 3일 남아서 전쟁보다 더 바쁜 중에 할머니가 돌아가셨다는 문부(聞訃)를 하고 선생에게 집으로 가겠다고 하였더니, 그것이 잘 되진 않고 전쟁하는 셈치고 출연을 하였더니 결과가 나쁘지 않고 재미도 있었어요" 하는 박 양의 오늘이 있기 위해서는 이러한 눈물겨운 무용 전도 있었던 것이었다. "영화는 자주 구경을 다닙니다. 좋아는 하면서도 자주는 못 가요. 장래에 영화배우가 되고 싶은 생각은 없느냐고요? 그런 것을 생각한 일은 없어요."

"그래도 〈오야게 아가하지〉라는 유구(琉球)의 〈토민의 영웅〉을 동경 발성(發聲)에서 영화화할 때 로케이션에 갔다 오지 않았겠어요."

"글쎄요, 그것은 춤추는 장면이었는데 다카다 무용 연구소에 교섭이 있어서 선생이 저를 가라니 갔을 뿐이었지요."

"문학에 대한 취미는?"

"시는 좋아해요. 괴테나⋯⋯"하는 것을 보면 〈들장미〉를 콧노래 삼아 부를 듯한 아가씨였다.

"일본 시인으로는?"

"이쿠다 슌게쓰의 시는 좋아요"하고 몇 번이나 '이쿠다'란 말을 거듭하였다.

"장래의 가정은?" 하고 묻고 어떤 대답이 나오나 하고 이 아가씨의 얼굴을 옆눈으로 잠깐 보았다. "역시 예술가다운⋯⋯"하며 말끝은 웃음으로 흐리고 가벼운 부끄러움으로 얼굴을 붉히는 것이었다. 그리고 머리를 약간 앞으로 숙이는데 검은 드레스에 검향빛 목수건과 자줏빛 오버의 품위 있는 장속(裝束)이었다. (단, 그날의 응접실은 좀 추워서 나도 오버를 입었다)

"유행에 대해서는?" 하니까, "직업 관계로 또는 젊은 마음에 화려한 것은 좋아요. 그러나 모드라고 해서 빛깔이 조화되지 않는 것이나 상없는 첨단은 즐겨하지 않아요. 숭배하는 예술가라고 특정한 것은 없어요. 말하자면 훌륭한 예술가는 모두 숭배하지요. 그러나 역시 무용을 하니까 크로이스베르크는 좋아요"하며 독일이 낳은 이 세계적 무용가의 약전(略傳)과 그 무용에 대한 간단한 소개를 하는 박 양은 완전히 명랑한 정열을 발로하는 것이었다.

"위인으로는?" 하고 물어 보면 창졸간에 누구를 말할지 곤란한 듯이 "난 몰라요" 하며 웃어 버렸다.

"독서는 많이 못 합니다. 하루에도 3, 4시간은 꼭 하려고 노력은 하나 공연에 바쁘면 뜻대론 안 돼요. 스포츠 말입니까? 전 이래 봬도 학생 시대엔 발레 선수였답니다. 좋아하긴 럭비를 더 좋아했지요."

그러나 구경할 시간을 갖지 못한다는 것이 처녀다운 가벼운 한숨이었다. '이 명랑한 무희를 어떻게 한번 곤란케할까?' 하고 생각하다가 문득 한 수를 깨달았다.

그래서 눈으로는 보면서도 시침을 떼고, "연애에 대한 경험을 하나 들려주시오."

"글쎄요, 동무들이 말하기를 저는 연애에는 저능하다고 해요" 하며 새빨간 흥분을 남의 말같이 싹 돌리고 말은 계속되는 것이었다.

"조선에는 무용을 하는 사람이 몇이나 됩니까? 책임 있는 몸인 듯해서 경솔하게는 연애를 해보려는 생각도 않을뿐더러 아직은 그렇게 급한 문제도 아니니까요" 하며 교묘하게 말끝을 돌리는 박 양의 두 뺨에 홍조가 살그머니 돌고 맞은편 유리창 바깥을 지나 멀리 보이는 푸른 하늘을 바라보는 샘물 같은 그 눈동자는 조금도 우울을 모르는 듯하였다. 마치 그 푸른 하늘의 한없이 높고 깊어 보이는 거기에 그 예술의 인스피레이션이 생겨나는 것도 같이! 이때 벌써 오후 두 시 반! 세 시부터는 그 다음 날 히비야 공회당에 공연이 있어 공부가 시작된다기에 그만 그곳을 떠나기로 하고, 영화배우로는 조엘 메크리나 프레더릭 마치도 좋으나 가르보의 신비적인 연기에는 말할 수 없는 애착을 갖는다는데 나는 그만 나와 버렸다.

12일 오후 7시 반, 봄비가 시름없이 내리는데도 나는 히비야로 갔다. 벌써 박 양의 출연 시간이었다. 〈포도〉는 거의 끝이 나고 〈카네이션〉이 시작되려는 때였다.

그날은 다카다 세이코, 이시비 바쿠, 우치다 에이이치, 시미즈 시즈코 등등 그 방면에 동경에서도 유수한 이들이 모두 공동 출연을 하였으며, 나는 밤 열한 시 차로 동경을 떠나며 곱게 피어오른 카네이션의 맑은 향기를 머릿속에 그려도 보았다.

TAKSİM

410

www.iett.gov.tr
ALO 153

ASILMAK YASAK
VE TEHLİKELİDİR

연륜

C여! 그대의 글월은 받아 보았다. 그리고 그 말 단에 "혼자서 적막하여 못 견딜 지경" 운운한 것도 그것이 어느 의미에서든지 그 의미를 읽을 수가 있었다.

그러나 C여! "진정한 동무란 모두 고독한 사람들"이란 것을 우리는 알베르 보나르의 말을 기다릴 것도 없이 몸으로써 겪은 바가 아닌가? 거대한 궁륭(穹窿)을 세워 올리는 데 두어 개의 기둥이 있으면 족한 것과 같이 우리들이 인간에 대해서 우리들의 생각하는 바를 관철하기 위해서는 두어 사람의 동무가 있으면 충분할 것이다. 그러면서도 괜히 마음의 한옆이 헛헛하고 더구나 나그네가 되었을 때 한층 더 절절한 바가 있는 것이지마는 이러할 때면 나는 힘써 지나간 일들을 생각키로 하는 것이다. 그래도 아는 바와 같이 내 나이가 열 살쯤 되었을 때는 그 환경이 그대와는 달랐다는 것은 그대는 쓸쓸할 때면 할머니께서 무명을 잣는 물레 마루 끝 장

독대를 혼자서 어슬렁어슬렁 돌아다니다가 봉선화 송이를 되는대로 똑똑 따서는 슬슬 비벼 던지고, 줄 포플라가 선 신작로를 달음질치면 우선 마차가 지나가고, 소 구루마가 지나가고, 기차가 지나가고, 봇짐장수가 지나가고, 미역 뜯어 가는 할머니가 지나가고, 멸치 덤장이 지나가고, 채전 밭가에 널린 그물이 지나가고, 솔밭이 지나가고, 포도밭이 지나가고, 산모퉁이가 지나가고, 모랫벌이 지나가고, 소금 냄새 나는 바람이 지나가고, 그러면 너는 들숨도 날숨도 막혀서 바닷가에 매여 있는 배에 가 누워서 하늘 위에 유유히 떠가는 흰구름 쪽을 바라보는 것이 아니었나? 그러다가 팔에 힘이 돌면 목숨 한정껏 배를 저어 거친 물결을 넘어가지 않았나? 그렇지마는 나는 그 풋된 시절을 너와는 아주 다른 세상에서 살고 있었던 것이었다. 마치 지금 생각하면 남양 토인들이 고도의 문명인들과 사귀는 폭도 됨직 하리라. 물론 그때도 나 혼자 지나는 시간이 없는 것은 아니나 그것은 대부분 독서나 습자의 시간이었고 그 외의 하루의 태반은 어른 밑에서 거처, 음식, 기거를 해야 하는 것이었다. 그러므로 잠자는 동안을 빼놓고는 거의는 이야기를 듣는 데 허비되었다. 그런데 그 이야기란 것이 채장 없이 긴 것이라 지금쯤 뚜렷한 기억은 남지 않았으나 말씀을 해주신 어른분들의 연세에 따라서는 내용이 모두 다른 것이었다. 대개 예를 들면 오인들은 제례(祭禮)는 이러이러한 것이라 하셨고, 중년 어른들은 접빈객하는 절차는 어떻다든지, 또 그보다 매우 젊은 어른들은 청년 예기(銳氣)로써 나는 어떠한 곤란을 당했을 때 어떻게 처사를 했다든지, 무서운 일을 보고도 눈 한 번 깜짝한 일이 없다거나, 아무리 슬픈 일에도 눈물은 사내자식이 흘리는 법이 아니라는 등등이었다.

　C여! 나는 그것을 처음 들을 때 그것이 무슨 말인지는 몰랐고 예사 어린 아이들은 누구나 저런 말을 듣는 것인가 보다 하고 들을 뿐이었다. 그러나 그것은 멀지 않아 나 자신이 예외없이 당해 보는 것이 아니겠나? 그 무서운, 또 맵고 짜고 쓰고 졸도라도 할 수 있는 광경들을! 그래서 나는 내 아우나 조카들에게라도 될 수 있으면 내가 지나온 이 얘기는 하지 않기로 하였더란다. 그랬더니만 그것이 버릇이 되어서인지 집 안에 들면 말썽이 적어지고, 그

렇게 되니 어머니께서도 "왜 어릴 때는 재미있고 그렇던 애가 저다지 말이 없느냐"고 걱정을 하시는 것이며, 나 자신도 다소는 말이 좀 둔해진 편인데, 옛날 성현이 말하기를 "민어행이눌어언(敏於行而訥於言)"하라고 하였지마는 지금 나와 같아서는 민어행도 못 하고 눌어언만 한댔자 군자가 될 성싶지도 않고, 또 군자를 원치도 않는만큼 그것은 당분간 걱정이 없으나 결국 내 몸을 둘 곳이 어디이랴. 그래서 나는 요즘 '생각한다'는 데 머물러 보기로 한다. 생각도 그야 여러 가지겠지마는 이것은 나로서 공리적이 아닐 수 없다.

왜 그러냐면 미래라는 것은 주책없이 함부로 생각하면 도대체 말썽이 많은 때문이다. 그러니 잠깐 책장을 덮어 두고 현재를 생각하는 것도 너무 속되다는 것은 원래 연륜이 묵지 않은 것은 신비성이 조금도 없는 까닭이다. 이렇게 되고 보면 만만한 것이 과거(過去)인데, C여! 나는 또 어째서 그 아픈 상처를 낱낱이 휘집어내지 않으면 안되겠느냐.

차라리 말썽 없는 산수에 뜻을 붙여 표연히 갔던 길에 뜻밖에도 만고의 명승을 얻은 내력을 들어나

보라. 가을밤, 가는 빗발이 바늘 끝같이 찬 날씨였다. 열한 시에 서울을 떠나는 동해 북부선을 탄 지 일곱 시간 만에 사냥을 간다는 L과 K를 안변에서 작별하고 K와 H와 나는 T읍에 있는 K의 집으로 가는 것이었다. 연선(沿線)의 새벽에 눈을 뜨는 호수! 또 호수! 쟁반에 물을 담은 듯한 내해(內海)에 아침 천렵을 마치고 돌아오는 어범(漁帆)들, 이것이 모두 지방이 달라지면 풍속도 다르게 시시각각에 형형 색색으로 처음 가는 손님을 홀리는 것이 아니겠나? 때로는 산을 돌고 때로는 평원을 지나 솔밭 속을 지나는데, 푸른 솔가지 사이로 보이는 양관(洋館)들이 모모의 별장이라 하고 해수욕장이 있다 하나 너무나 대중 문화적이고 그곳에서 얼마 안 가면 T읍, K의 집에서 조반을 마치고 난 나는 K의 분에 넘치는 환대를 받아 자동차로 해안선을 십리 남짓 달렸다. 천연으로 된 방파제를 돌아서 바다 속으로 돌진한 육지의 마지막이 거의는 층암절벽으로 된 데다가 동편은 석주들이 죽 늘어선 것이 마치 아테네의 폐허를 그 해상에 옮겨 세운 듯하며, 그렇게 생각하면 할수록 서편의 만(灣)은 이오니아의 바다와 같이 맑고 푸르고 깨끗하고 조용한 것이었다. 그러나 바람이 한번 불면 파도는 동편 석주를 마주쳐 부서지는 강한 음향과 서편 백사(白砂)의 만을 쓸어 오는 부드럽고 고운 음향들이 산 위의 솔바람과 한데 합치면 그는 내가 이때까지 들은 어떠한 대교향악도 그에 미칠 수는 없는 것이었다. 또다시 눈을 들어 멀리 안계(眼界)가 자라는 데까지 사방을 살피면 금란도(金蘭島)니 무슨 도(島)니 하는 섬들이 저마다 성격을 갖추어 있으면서도 이쪽을 싸주는 풍경이란 그럴 듯한 것이지만 그 많은 물새들의 깃 치는 소리도 때로는 멀리서, 때로는 가까이서, 그러나 끊일 새 없이 들려오는 것이었다. 그때 나는 마음속으로 C가 몇 해 전부터 이 고적한 지방에 혼자 와서 살고 있었다는 것은 남이 보기에 외면으로 고적한 것이지 정신상으로는 몇 배나 행복한 것이었을까 하고 생각할 때 해안의 조그만 뒷집에서 연기가 나는 것을 보았다. 그만하면 나에게는 베네치아의 궁전에도 비할 수 있는 것이며, 로마의 흥망사라도 그곳이면 조용히 볼 수가 있겠다고 생각되었다.

C여! 이곳이 바로 내가 보고 온 해금강 총석정(叢石亭)의 꿈이었지마는 꿈은 꿈으로 두고라도 고적

을 한할 바 무엇이랴? 여기에 모든 사람들을 떠날
수가 있다고 하면 나는 그대를 찾아낼 것이고, 그대
는 나에게 용기를 주겠지. 그러면 고독은 사랑할 수
있는 것이다.

연인기戀印記

옛날 글에 "인자(仁者)는 요산(樂山)하고 지자(智者)는 요수(樂水)"라 하였으니, 내 일찍이 인자도 못되고 지자도 못 되었으니 어찌 산수를 즐길 수 있는 풍격(風格)을 갖추었으리요만, 무릇 사람이란 제각기 분수에 따라 기호나 애완하는 바 다르니 나또한 어찌 애완하는 바 없으리요. 그러나 연기(年紀) 장자(丈者)에 이르지 못하고 덕이 고인(古人)에 미치지 못함에 항상 신변쇄사(身邊鎖事)를 들어 사람에게 말하길 삼갔더니, 이에 외람되게 내가 인(印)을 사랑하는 이유를 말하면 거기엔 남과 다른 한 가지 곡절이 있는 것이다.

그것은 인(印)이라고 해도 요즘 사람들이 관청이나 회사엘 다닐 때 아침 시간을 맞춰서 현관에 썩 들어서면 수위장 앞에서 꼭 찍고 들어가는 목각 도장이나, 그렇지 않고 그보담은 한결 행세깨나 한다는 친구들이 약속수형(約束手形)에나 소절수(小切手)쯤에 찍어 내는 상아나 수정에 새긴 도장도 아니다.

그렇다고 해서 옛날 사람들같이 제법 수령방백(守令房伯)을 다녀서 통인 놈을 데리고 다니던 인궤(印櫃) 쪽이 나에게 있을 리도 만무한 것이라 적지않게 고이 하기도 하나, 그보다도 이놈 인이란 데 대한 풍속 습관도 또한 여러 가지가 있었으니, 우선 먼 데 사람들을 쳐보면, 서양 사람들은 사인이란 것이 진작부터 유행이 되었는 모양인데, 그것이 심하게 발달된 결과는 소위 사인 마니어가 생겨서 유수한 음악가, 무용가, 배우, 운동선수까지도 거리에 나서면 완전히 한 개 우상이 되는 것이지마는, 내가 말하려는 본의가 처음부터 그런 난폭한 아희(兒戱)가 아니라 그렇다고 중국 사람들처럼 국제 간에 조약을 맺고 '첨자(籤子)'를 한다는 과도히 정중한 것도 역시 아니다.

일찍이 이 땅에는 '수결(手結)'이란 형식으로 왼편 손에 먹을 묻혀서 찍은 일도 있고, '착함(着啣)'이라는 그보다 매우 발전된 양식으로 성자(姓字) 밑에 자기 이름자를, 대개는 어조(魚鳥)의 모양으로 상형화해서 그리는 법이 있었는데, 이것은 가장 보편적으로 쓰였고 장구하게 쓰였으니 이것보다도 앞에 쓰여지고 또한 문한(文翰)하는 사람들에게만 쓰여진 것 중에 '도서(圖書)'란 것이 있었으니, 그것은 글씨나 그림이나 쓰고 그리면 그 밑에 아호를 쓰고 찍었고, 친우 간에 시를 지어 보낼 때도 찍는 것이며 때로는 장서표(藏書表)로도 찍는 것이었다.

그런데 이 도서는 각수(刻手)나 도장장이에게 돈을 주고 새기는 게 아니라 시서화(詩書畵)를 잘하는 사람들이면 자기 자신이 조각을 한 개인의 여기(餘技)로 하는 것이었으며, 사람에 따라서는 매우 정교한 조탁을 하는 이도 있었고, 또 이런 것이라야 진품이라고 하는 것인데, 그 시대에는 이런 풍습이 유행하기를 마치 구주(歐洲)의 시인들이 한 가지 여기로써 데상 같은 것을 그리는 거나 다름이 없었다.

그런데 이런 풍습이 성행하게 되면 될수록 인재의 선택이 매우 까다로왔다. 흔히 박옥(璞玉)이라는 것이 많이 쓰였으나 상아나 수정도 좋은 것이고, 아주 사치를 하려면 비취나 계혈석(鷄血石)이나 분황석(芬皇石) 같은 것이 제일 좋은 것인데, 이것들 중에도 분황석은 가장 귀한 것으로 조선에서는 잘 얻지 못하는 것이다.

그런데 우리가 시골 살던 때 우리 집 사랑 문갑

속에는 항상 몇 봉의 인재가 들어 있었다. 그래서 나와 나의 아우 수산(水山) 군과 여천(黎泉) 군은 그것을 제각기 제 호(號)를 새겨서 제 것을 만들 욕심을 가지고 한바탕씩 법석을 치면 할아버지께서는 웃으시며 "장래에 어느 놈이나 글 잘하고 서화 잘하는 놈에게 준다"고 하셔서 놀고 싶은 마음은 불현듯 하면서도 뻔히 아는 글을 한 번 더 읽고 글씨도 써보곤 했으나, 나와 여천은 글씨를 쓰면 수산을 당치 못했고 인재는 장래에 수산에게 돌아갈 것이 뻔한 일이었다. 그래서 나는 글씨 쓰길 단념하고 화가가 되려고 장방에 있는 당화(唐畵)를 모조리 내놓고 실로 열심히 그림을 배워 본 일도 있었다. 그러나 세월은 12세의 소년으로 하여금 그 인재에 대한 연연한 마음을 팽개치게 하였으니 내가 배우던 중용, 대학은 물리니 화학이니 하는 것으로 바뀌고 하는 동안 그야말로 살풍경의 10년이 지나갔다.

그때 봄비 잘 오기로 유명한 남경(南京)의 여관살이란 쓸쓸하기 짝이 없는 것이라, 나는 도서관을 가지 않으면 고책사(古册肆)나 골동점에 드나드는 것으로 일을 삼았다. 그래서 그곳에서 얻은 것이 비취

인장(翡翠印章) 한 개였다. 그다지 크지도 않았건만
거기다가 모시 칠월장(毛詩七月章) 한 편을 새겼으니
상당히 섬세하면서도 자획(字劃)이 매우 아담스럽
고 해서 일견 명장(名匠)의 수법임을 알 수 있었다.

나는 얼마나 그것이 사랑스럽던지 밤에 잘 때도
그것을 손에 들고 자기도 했고, 그 뒤 어느 지방을
여행할 때도 꼭 그것만은 몸에 지니고 다녔다. 대개
는 여행을 다니면 그때는 간 곳마다 말썽을 부리는
게 세관리(稅關吏)들인데, 모든 서적과 하다못해 그
림 엽서 한 장도 그냥 보지 않는 녀석들이건만 이
나의 귀여운 인장만은 말썽을 부리지 않았다. 그랬
기에 나는 내 고향이 그리울 때나 부모형제를 보고
싶을 때는 이 인장을 들고 보고 칠월장을 한번 외
도 보면 속이 시원하였다. 아마도 그 비취인에는 내
향수와 혈맥이 통해 있으리라.

그 뒤 나는 상해를 떠나서 조선으로 돌아오게 되
었고 언제 다시 만날는지도 모르는 길이라 그곳의
몇몇 문우들과 특별히 친한 관계에 있는 몇 사람이
모여 그야말로 최후의 만찬을 같이하게 되었는데,
그 중 S에게는 나로부터 무엇이나 기념품을 주고

와야 할 처지였다. 금품을 준다 해도 받지도 않으려니와 진정을 고백하면 그때 나에게 금품의 여유란 별로 없었고, 꼭 목숨 이외에 사랑하는 물품이라야만 예의에 어그러지지 않을 경우이라, 나는 하는 수 없이 그 귀여운 비취인 한 면에다 "贈 S, 1933. 9. 10. 陸史"라고 새겨서 내 평생에 잊지 못할 하루를 기념하고 이 땅으로 돌아왔다.

몇 해 전 시골을 가서 어릴 때 문갑 속에 있던 인재를 찾으니 내 사백(舍伯)께서 하시는 말씀이 "그것은 할아버지께서 일찍이 말씀하시길 너들 중에 누구나 시서화를 잘하는 놈에게 주라 하셨으나 너들이 모두 유촉(遺囑)을 저버렸기에 할 수 없이 장서인(藏書印)을 새겨서 할아버지가 끼쳐 주신 서적을 정리해 두었다"는 것이다. 그리고 내 아우 수산은 그동안 늘 서도에 게으르지 않아 '도서'를 여러 봉 장만했는데, 그중에는 자신이 조각한 것도 있고 인면(印面)도 '산고수장(山高水長)'이라고 새긴 것과 '오거서일로향(五車書一爐香)'이라고 새긴 큰 인은 거의 진품에 가까운 것이 있으나, 여천이 가졌다는 몇 개 안되는 인은 보잘것없어 때로 내형(乃

兄)의 것을 흠선은 해도 여간해서는 제 소유로 만들 가망은 없는 것이고, 나는 아무것을 흠선도 않으려니와 여간한 도서개(圖書個) 쯤은 사실로 내 눈에 띄지 않는 것이나, 화가 H군이 가지고 있는 계혈석에 반야경(般若經)을 새긴 것은 여간 탐스러운 바 아니었지마는, H군으로 보면 그것은 세전지보(世傳之寶)라 나에게 줄 수도 없는 것이고, 나는 상해에서 S에게 주고 온 비취인을 S가 생각날 때마다 생각해 보는 것이다. 지금 S가 어디 있는지 십 년이 가깝도록 소식조차 없건마는, 그래도 S는 그 나의 귀여운 인을 제 몸에 간직하고 천대산(天臺山) 한 모퉁이를 돌아 많은 사람들 틈에 끼어서 강으로 강으로 흘러가고만 있는 것같이 생각된다.

　나는 오늘밤도 이불 속에서 모시 칠월장이나 한 편 외보리라. 나의 비취인과 S의 무강을 빌면서.

은하수

지나간 일을 낱낱이 생각하면 오늘 하루는 몰라도 내일부터는 내남할 것 없이 살아갈 수가 없을 것이다. 왜 그러냐 하면 닿아 올 날보다는 누구나 지나간 날에 자랑이 더 많았든 까닭이다. 그것도 물질로는 바꾸지 못할 깨끗한 자랑이었다면 그럴수록 오늘의 악착한 잡념이 머릿속에 떠돌 때마다 저도 모르게 슬퍼지는 수도 있는 것이다.

가령 말하자면 내 나이가 칠, 팔세쯤 되었을 때 여름이 되면 낮으로 어느 날이나 오전 열 시쯤이나 열한 시경엔 집안 소년들과 함께 모여서 글을 짓는 것이 일과였다. 물론 글을 짓는다 해도 그것이 제법 경국문학도 아니고 오언고풍이나 줌도듬을 해보는 것이었지마는 그래도 그때는 그것만 잘하면 하는 생각에 당당히 열심을 가졌던 모양이었다.

그래서 글을 지으면 오후 세 시쯤 되어서 어른들이 모여 노시는 정자 나무 밑이나 공청에 가서 골이고 거기서 장원을 얻어하면 요즘 시 한 편이나 소설 한 편을 써서 발표한 뒤에 비평가의 월평등류에서 이러니저러니 하는 것과는 달라서 그곳에서 좌상에 모인 분들이 불언중 모두 비평위원들이 되는 것이고 글을 등분을 따라서 급수를 맥이는 것인데 거기 특출한 것이 있으면 가상지상이란 급이 있고 거기도 벌써 철이 난 사람들이 칠언대고풍을 지어 골이는데 점수를 그다지 후하게 주는 것이 아니라, 이상(二上), 삼상(三上), 이하(二下), 삼하(三下)란 가혹한 등급을 맥여내는 것이었다.

그런데 문제는 항상 가상지상이란 것이었다. 이 등급을 얻어 한사람은 장원을 했는 만큼 장원례를 한턱내는 것이었다.

장원례란 것은 내는 방법이 여러 가지인데 사람에 따라서는 술 한 동우에 북어 한 떼도 좋고 참외 한 접에 담배 한 발쯤을 사오면 담배는 어른들이 갈라 피우고 참외는 아이들의 차지였다. 그뿐만 아니라 장원을 하면 백지 한 권의 상품을 받는 수도 있었다. 그것은 유명 조선의 유산의 일부를 장학기금으로 한 자원이 있는 것이었다. 이것이 우리네가 받은 학교 교육 이전의 조선의 교육사의 일부였기도 했다.

그러나 한여름동안 글을 짓는데도 오언, 칠언을 짓고 그것이 능하면 제법 운을 달아서 과문을 짓고 그 지경이 넘으면 논문을 짓고 하는데 이 여름 한 철 동안은 경서는 읽지 않고 주장 외집을 보는 것이다. 그중에도 《고문진보》나 《팔대가》를 읽는 사람도 있고 《동인》이나 《사초》를 외이기도 했다. 그런데 글을 짓고 골이고 장원례를 내고 하면 강가에 가서 목욕을 하고 석양에는 말을 타고 달리고 해서 요즘 같이 '스포—츠'란 이름이 없을 뿐이었지 체육에도 절대로 등한히 한 것은 아니었다. 그리고 저녁 먹은 뒤에는 거리로 다니며 고시 같은 것을 고성낭송을 해도 풍속에 괴이할 바 없었다. 그뿐만 아니라 명랑한 목소리로 잘만 외이면 큰 사랑마루에서 손들과 바둑이나 두시든 할아버지께선 "저놈은 맹랑한 놈이야" 하시며 좋아하시는 눈치였다.

그리고 밤이 으슥하고 깨끗이 개인 날이면 할아버지께서는 우리를 불러 앉히고 별들의 이름을 가르쳐 주시는 것이었다. 저 별은 문청성이고 저 별은 남극노인성이고 또 저 별은 삼태성이고 이렇게 가르치시는데 삼태성이 우리 화단의 동편 옥해화 나무 위에 비칠 때는 여름밤이 뜻이 없어 첫닭이 울고 별의 전설에 대한 강의도 끝이 나는 것이었다.

그런데 한계 없이 넓은 창공에 어느 별이 어떻다 해도 처음에는 어느 별이 무슨 별인지 짐작할 수 없기에 항상 은하수를 중심으로 이편의 몇 째 별은 무슨 별이고 저편의 몇 째 별은 무슨 별이란 말씀을 하셨다. 그런데 그때도 신기하게 들은 것은 남강으로 가로질러 있는 은하수가 유월 유두절을 지나면 차츰차츰 머리를 돌려서 팔월 추석을 지나고 나면 완전히 동서로 위치를 바꾸는 것이었다.

이때가 되면 어느 사이에 들에는 오곡이 익고 동리 집 지붕마다, 고지박이 드렁드렁 굵어 가는 사이로 늦게 핀 박꽃이 한결 더 희게 보이는 것이 없다. 그러면 우리는 오언고풍을 짓던 것을 파접을 한다고 온 동리가 모여서 잔치를 하며 야단법석을 하는 것이었다. 그래서 칠월 칠석에는 견우성과 직녀성이 일 년에 한 번 만나는 날인데 은하수가 가로막혀서 만날 수가 없기에 옥황상제가 인간 세상에 있는 까마귀와 까치를 불러서 다리를 놓게 하는 것이며 그래서 만나는 견우직녀는 서로 붙잡고 가진 소회를 다하기도 전에 첫 닭소리를 들으면 울고 잡은

소매를 놓고 갈라서야만 한다는 것 까마귀와 까치들은 다리를 놓기 위하여 돌을 이고 은하수를 올라갔기에 칠석을 지나고 나면 모다 머리가 빨갛게 벗어진다는 것 이러한 얘기를 듣는 것은 잊혀지지 않는 재미였었다. 그래서 나는 어린 마음에도 지상에는 낙동강이 제일 좋은 강이었고 창공에는 아름다운 은하수가 있거니 하면 형상할 수 없는 한 개의 자랑을 느끼곤 했다.

그러나 숲 사이로 무수한 유성같이 흘러 다니던 그 고운 반딧불이 차츰 없어질 때에 가을벌레의 찬 소리가 뜰로 하나 가득차고 우리의 일과도 달라지는 것이었다. 여태까지 읽든 외집을 덮어치우고 등잔불 밑에서 또다시 경서를 읽기 시작하는 것이었고 그 경서는 읽는 대로 연송을 해야만 시월 중순부터 매월 초하루 보름으로 있는 강(講)을 낙제치 않는 것이었다. 그런데 이 강이란 것도 벌써 경서를 읽는 처지면 중용이나 대학이면 단권책이니까 그다지 힘들지 않으나마 논어나 맹자나 시전 서전을 읽는 선비라면 어느 권에 무슨 장이 날는지 모르니까, 전질을 다 외우지 않으면 안 됨으로 여간 힘드는 일이 아니었다. 그래서 십여 세 남짓했을 때

이런 고역을 하느라고 장장추석에 책과 씨름을 하고 밤이 한 시나 넘게 되어 영창을 열고 보면 하늘에는 무서리가 내리고 삼태성이 은하수를 막 건너선 때 먼데 닭 우는 소리가 어즈러히 들리곤 했다. 이렇게 나의 소년시절에 정들인 그 은하수였건마는 오늘날 내 슬픔만이 헛되이 장성하는 동안에 나는 그만 그 사랑하는 나의 은하수를 잃어버렸다. 딴이야 내 잃어버린 게 어찌 은하수 뿐이리요 동패어초(東敗於楚) 하고 서패어재(西敗於齊) 하고 서상지어진칠백리(西喪地於秦七百里)를 할 처지는 본래에 아니었든 것을 오히려 다행이라고나 할까? 그러나 영원한 내 마음의 녹야! 이것만은 어디로 찾을 수가 없는 것 같고 누구에게도 말할 곳조차 없다 그래서 요즘은 때때로 고요해 잠 못 이루는 밤 홀로 헌성엽 위를 걸으면서 맑게 개인 날이면 혹 은하수를 처다보기도 하고 그 은하수를 중심으로 한 성좌의 명칭이라든지 그 별 한 개 한 개에 대한 전설들을 동년의 기억을 더듬어 가며, 지나간 날을 회상해 보나 그다지 선명치는 못한 것이며 오늘날 내 자신 아무런 성취한 바 없으나 옛날 어른들의 너무나 엄한 교육 방법에도 천문에 대한 초보의 기초지식이

라든지 그나마 별의 전설 같은 것으로서 정서방면
을 매우 소중히 여기신 것을 생각하면 나의 동년은
너무나 행복스러웠든 만큼 지금의 나의 은하수는
왕발(王勃)의 슬왕각시(滕王閣詩)의 일련인 [특환성
이도기추(特換星移度幾秋)]오 하는 명문으로도 넉넉
히는 해설되지 않는 이유가 있는 것이다. 누가 있어
나를 고이하다하리요.

전조기 剪爪記

　누구나 버릇이란 쉽사리 고쳐지는 것은 아니다. 그러므로 세 살 적 버릇이 여든까지 간다는 말도 있지 않는가? 그런데도 흔히 다른 사람의 한 가지 버릇을 새로이 발견했을 때는 아— 저 사람은 저런 버릇이 있구나 하고 속으로 비웃어 보거나 그 버릇이 좋지 못한 종류의 것이면 대개는 업신여기는 수도 있는가 봐!

　그렇지만 나에게는 아무리 고쳐 보려도 고쳐지지 않는 버릇이란 손톱을 깎고 줄로 으르고 수건을 닦고 하는 것이다. 그것도 때와 곳을 가릴 것도 없이 욕조나 다방이나는 말할 것도 없고 기차나 배를 타고 멀리 여행이라도 하면 심심풀이도 되고 봄날 도서관 같은 데서 서너 시간 앉아 배기면 제아무리 게으름뱅이는 아닐지라도 윗눈썹이 기전기(起電機)처럼 아랫눈썹을 끌어당길 때도 있는 것이고, 그럴 때에 손톱을 자르고 줄로 살살 으르면 자릿자릿한 재미에 온몸의 게으름이 다 풀리는 것이다.

그야 내 나이 어릴 때는 아침 일찍이 손톱을 자르면 어른들이 보시고 질색을 하시며 말리기도 하였다. 그리고 말릴 때에 누구인지 지금 기억되지는 않아도 우리 집에 자주 오는 손이 말하기를 아침에 손톱 깎고 밤에 머리 빗는 것은 몸에 해롭다고 하는 것이었고, 내 생각에도 그런 방문은 《동의보감》에라도 씌어 있는 줄 알았기에 그 뒤로는 힘써 시간이 한나절 지난 뒤 손톱을 닦고 하였지만, 나도 나대로 세상맛을 보게 된 뒤로는 쓴맛 단맛 다 보고 시고 떫은 구석과 후추, 고추 같은 광경에 부대낄 때가 시작이 되고는 손톱 치레를 할 만한 여가도 없었고, 어느 사이에 손톱은 제대로 자라 긴 놈, 짧은 놈, 삐뚫어진 놈, 꼬부라진 놈, 벌떡 자빠진 놈, 앙당 아스러진 놈, 이렇게 되어 내 손이란 그 꼴이 마치 오징어를 뒤집어 삶아 놓은 것같이 되었다.

　그럴 때에 나는 또다시 손톱을 자를 것은 자르고 으를 것은 으르곤 하였으며 이른 아침이라도 가리지는 않았다. 그것은 밤으로 머리를 깎아 보아도 몸에 해로운 것도 없으니깐 아침에 손톱을 깎는 것조차 위생과는 관계없는 것을 안 까닭이다.

그런데 내가 이 손톱을 자르는 버릇은 언제부터 시작되었는가를 생각해 보면 그도 벌써 20년이 더 지났다. 내가 난 지 백 일이나 되었겠지, 저고리 밖에 빨간 내 손이 나와서 내 얼굴을 후벼 뜯고는 나는 자지러질 듯이 울었다. 어머니가 놀라서 가위로 내 손톱을 잘라 주신 것이 처음이고, 그것이 늘 거듭하여지는 동안에 봄철이 오면 어머니는 우리 형제를 차례로 불러 뒷마루 양지 쪽에 앉히고 손톱을 잘라 주시고 머리도 빗기고 귀도 후벼 주셨으며, 이것도 내 나이 여섯 살 때 소학을 배우고는 이런 일의 한 반(半)은 할아버님께 이관이 되었다. 옛날 내 고장 우리 집에는 그다지 크지는 못해도 허무히 작지 않은 화단이 있었다. 그리고 그 화단은 이때쯤 되면 일이 바빴다. 깍지로 긁고 호미로 매고 씨가시를 뿌리고 총생이를 옮겨 심고 적당한 거름도 주었다.

요즘같이 시클라멘이나 카네이션이나 튤립 같은 것은 없어도 옥매화, 분홍 매화, 홍도, 벽도, 해당화, 장미화, 촉규화, 백일홍, 등등 빛도 보고 향내도 맡고 꽃도 보고 잎도 볼, 말하자면 일 년을 다 즐길 수가 있는 것이었는데, 내 할아버지 생각은 이제 헤아려 보면 우리들에게 글 읽고 글씨 쓰인 사이로 노력을 몸소 맛보이는 것도 되려니와 그것이 정서 교육도 될 겸 당신의 노래(老來)를 화려하게 꾸밀 수도 있었던 모양이었다. 그럴 때마다 우리들은 이다지도 가겹고 고운 노동이 끝나면 할아버지는 우리들에게 손을 씻을 것과 손톱에 끼인 흙을 끌어내도록 손톱을 닦으라 하셨다. 이러던 내 손톱이기에 나는 손톱을 소중히 하고 자르고 으르고 닦고 하는 동안에 한 가지 방편을 얻었다. 그것은 나에게 거북한 일을 말하는 사람 앞에서 손톱을 닦는 것이다. 빤히 얼굴을 맞대이고 배알에 거슬리거나 듣기 싫은 말을 듣고 억지로 참을 수도 없고 그렇다고 언짢은 표정을 할 수도 없어 손톱을 닦노라면 시골 계신 어머니도 그려 보고 돌아가신 할아버지의 모습을 우러러 뵈일 수도 있다. 내 고향의 푸른 하늘 아래에도 봄이 왔을 것도 같으니.

질투의 반군성

형! 부탁하신 원고는 이제 겨우 붓을 들게 되어 편집의 기일에 다행히 맞아질는지 모릅니다.

그러나 늦게라도 이 붓을 드는 나에게는 다음과 같은 몇 가지의 이유가 있는 것이며, 그 이유를 말하는 데서 이 적은 글이 가져야 할 골자가 밝혀질까 합니다.

그 첫째는 형의 몇 차례나 하신 간곡한 부탁에 갚아지려는 나의 미충(微衷)이며, 둘째는 형의 부탁에 갚아질 만한 재료가 없다는 것을 고백합니다.

그것은 다시 말하면, 나는 생활을 갖지 못하였다는 것입니다. 적어도 '신세리티'가 없는 곳에는 참다운 생활은 있을 수 없다고 생각하는 현금의 나에게 어찌 보고할 만한 재료가 있으리까? 만약 이 말을 믿지 못하신다면, 나는 여기에 재미스런 한 가지 사실을 들어 이상의 말을 증명할까 합니다.

그것은 지나간 7월입니다. 나는 매우 쇠약해진

몸을 나의 시골에서 그다지 멀지 않은 동해 송도원(松濤園)으로 요양의 길을 떠났습니다. 그 후 날이 거듭하는 동안 나는 그대로 서울이 그립고 서울 일이 알고 싶었습니다. 그럴 때마다 서울 있는 동무들이 보내 주는 편지는 그야말로 내 건강을 도울 만큼 내 마음을 유쾌하게 하였던 것입니다.

그런데 일전(그것은 형이 나에게 원고를 부탁하시던 날) 어느 친우를 방문하고 오는 길에 어느 책사(册肆)에 들렀다가 때마침 《조선 문인 서간집》이란 신간서가 놓였기에 그 내용을 펼쳐 보았더니, 그 속에는 내가 여름 동안 해수욕장에서 받은 편지 중에 가장 주의했던 편지 한 장이 전문 그대로 발표되어 있었습니다.

그런데 그 편지의 주인공은 내가 해변으로 가기 전 꼭 나와는 일거 일동을 같이한 룸펜(이것은 시인의 명예를 손상치 않습니다)이던 나의 친애하는 이병각(李秉珏) 군이었습니다. 그러므로 그는 나의 생활을 누구보다도 이해하는 정도가 깊었으리라는 것은 다시 말할 여지가 없는 데도 불구하고 그는 다음과 같은 말을 했습니다.

"…… 형의 말에 의하면 급한 볼일이 있어 갔다고 하더라도 여름에 해변에 용무가 생긴다는 것부터 형은 우리 따위가 아니란 것을 새삼스레 알았습니다……" 운운하고 평소부터 나에게 입버릇같이 자네는 너무 뻐기니까 하던 예의 독설을 한참 늘어놓은 다음 그는 또 문장을 계속하였습니다.

"…… 건강이야 묻는 것이 어리석지요. 적동색(赤銅色) 얼굴에 '포리타민' 광고에 그린 그림 쪽……" 이 되라느니 하여 놓고는 "…… 한 채 집이 다 타도 빈대 죽는 맛은 있더라고, 장림(長霖)이 자리하니 형의 해수욕 풍경이 만화의 소재밖에는 되지 않을 것을 생각하고 고소합니다……"고 끝을 맺은 간단한 문장이었습니다.

풍자시를 쓰는 우리 이 군의 나에 대한, 또는 나의 생활에 대한 견해가 그 역설에 있어서 정당했다고 하더라도 나는 이 군에게 불만을 가지지 않을 수가 없다는 것은 기왕 벌인 춤이면 왜 좀 더 풍자하지 못하였을까 하는 것입니다.

대저 위에서도 한 말이나 '뻐긴다'는 말은 사실이 없는 것을 허장성세(虛張聲勢)한다는 말일 것인데,

172

허장성세하는 사람에게 '신세리티'가 있겠습니까.
또 무슨 생활이 있겠습니까.

그러나 '생활이 없다'는 순간이 오래 오래 연속되는 동안 그것이 생활이라면 그것을 구태여 부정하고 싶지도 않습니다. 뿐만 아니라 거기에서 한 걸음 더 나아가 남이 긍정하는 바를 내가 긍정해서 남의 위치를 침범하는 것보다는 차라리 내가 부정할 바를 부정한다는 것은 마치 남이 향락할 바를 내가 향락해서 충돌이 생기고 질투가 생기는 것보다는 다른 어떤 사람도 분배를 요구치 않는 고민을 나 혼자 무한히 고민한다는 것과 같이 적어도 오늘의 나에게는 그보다 더 큰 향락이 없을는지도 모르는 것입니다.

마치 이 길은 내가 경험한 가장 짧은 한 순간과도 같을는지 모릅니다. 태풍이 몹시 불던 날 밤, 온 시가는 창세기의 첫날밤같이 암흑에 흔들리고 폭우가 화살같이 퍼붓는 들판을 걸어 바닷가로 뛰어나갔습니다. 가서 덩굴에 엎어지락 자빠지락, 문학의 길도 그럴는지는 모르지마는 손에 든 전등도 내 양심과 같이 겨우 내 발끝밖에는 못비치더군요.

그러나 바닷가에 거의 닿았을 때는 파도 소리는 반군(叛軍)의 성이 무너지는 듯하고, 하얀 포말(泡沫)에 번개가 푸르게 비칠 때만은 영롱하게 빛나는 바다의 일면! 나는 아직도 꿈이 아닌 그날 밤의 바닷가로 태풍의 속을 가고 있을지도 모릅니다.

11월 5일 밤

엽서
— 최정희님께 보낸 엽서 —

지금은 석양이올시다. 그 옛날 화려하던 대각의
자취로 알려진 곳, 깨어져 와전(瓦甎)을 비치고 가
는 가냘픈 가을 빛살을 이곳 사람들은 무심히 보고
지나는 모양입니다. 그러나 이곳 무량사(無量寺)만
은 오늘 저녁에도 쇠북 소리가 그치지 않고 나겠지
요. 하여간 백제란 나라는 어디까지나 산문적이란
것을 말해 줍니다.

　　　　　　　　　　건강을 빌면서 육사 생(生)

창공에 그리는 마음

벌서 데파―트의 쇼윈드는 홍엽(紅葉)으로 장식
되었다. 철도안내계(鐵道案內係)가 금강산 소요산 등
등 탐승객들에게 특별할인으로 가을의 서비스를
한다고들 떠드니 돌미역같이 둔감인 나에게도 어
쩌면 가을인가? 싶은 생각도 난다.

외국의 지배를 주사침 끝처럼 날카롭게 감수하
는 선량한 행운아들이 감벽(紺碧)의 창공을 쳐다볼
때 그들은 매연에 잠긴 도시가 싫다기보다 값싼 향
락에 지친 권태의 위치를 바꾸기 위해서는 제비새
끼같이 경쾌한 장속(裝束)에 제각기 시골의 순박한
처녀들을 머릿속에 그리며 항구를 떠나는 갑판위
의 젊은 마도로스들과도 같이 분주히들 시골로, 시
골로 떠나고 만다. 그래서 도시의 창공은 나와 같이
올 데 갈 데 없이 밤낮으로 잉크칠이나 하고 있는
사람들에게 맡겨진 사유재산인 것도 같다.

그래서 나는 이 천재일시(千載一時)로 얻은 기회
를 놓치지 않겠다고 나의 기나긴 생활의 고뇌 속에

서 실로 짧은 일순간을 칠수(七首)의 섬광처럼 맑고 깨끗이 개인 창공에 나의 마음을 그리나니 일망무제(一望無際)! 오직 공(空)이며 허(虛)! 이것은 우주의 첫날인 듯도 하며 나의 생(生)의 요람인 것도 같아라.

신(神)은 아무것도 없는 공(空)과 허(虛)에서 우주 만물을 창조하였다고 그리고 자기의 뜻대로 만들었다고 사람들은 말하거니 나도 이 공과 허에서 나의 세계를 나의 의사(意思)대로 바둑이나 장기를 두는 것처럼 손쉽게 창조한들 어떠랴 그래서 이 지상의 모든 용납될 수 없는 존재를 그곳에 그려본다 해도 그것은 나의 자유이어라.

그러나 나는 사람이어니 일하는 사람이어니 한 사람을 그리나 억천만(億千萬) 사람을 그려도 그것은 모두 일하는 사람뿐이어라. 집 속에서도 일을 하고 벌판에서도 일을 하고 산(山)에서도 일을 하고 바다에서도 일을 하나 그것은 창공을 그리는 나의 마음에 수고로움이 없는 것처럼 그들의 하는 일은 수고로움이 없어라. 그리고 유쾌만 있나니 그것은 생활의 원리와 양식에 갈등이 없거늘 나의 현실은 어찌 이다지도 착종(錯綜)이 심한고? 마음은 창공을 그리면서 몸은 대지를 움겨쥐도지 못하는가?

　가을은 반성(反省)이 계절이라고 하니 창공을 그리는 마음아 대지를 돌아가자. 그래서 토지의 견문을 창공에 그려 보듯이 다시 대지에 너의 마음을 마음대로 그려보자.

청란몽

거리에 마로니에가 활짝 피기는 아직도 한참 있어야 할 것 같다. 젖구름 사이로 기다란 한 줄 빛깔이 흘러내려온 것은 마치 바이올린의 한 줄같이 부드럽고도 날카롭게 내 심금의 어느 한 줄에라도 닿기만 하면 그만 곧 신묘한 멜로디가 흘러나올 것만 같다.

정녕 봄이 온 것이다.

이 가벼운 게으름을 어째서 꼭 이겨야만 될 턱이 있으냐.

대웅성좌(大熊星座)가 보이는 내 침대는 바다 속보다도 고요할 수 있는 것이 남모르는 자랑이었다. 나는 여기서부터 표류기를 쓸 수도 있는 것이다. 날씬한 놈, 몽땅한 놈, 나는 놈, 기는 놈, 달리는 놈, 수없이 많은 어족(漁族)들의 세상을 찾았는가 하면 어느 때는 불에 타는 열사(熱砂)의 나라 철수화(鐵樹花)나 선인장들이 가시성같이 무성한 위에 황금 사북같이 재겨 붙인 작은 꽃들, 그것은 죽음에의 유혹 같이 사람의 영혼을 할퀴곤 하였다.

소낙비가 지나가고 무지개가 서는 곳엔 맑은 시냇물이 흘렀다. 계류(溪流)를 따라 올라가면 자운영꽃이 들로 하나 다복이 핀 두렁길로 하늘에 닿을 듯한 전나무 숲 사이로 들어가면 살림맥이들은 잇풀을 뜯어먹다간 벗말을 불러 소리치곤 뛰어가는 곳, 하이얀 목책이 죽 둘린 너머로 수정궁같이 깨끗한 집들이 즐비한 곳에 화강암으로 깎아 박은 돌계단이 기다랗게 하양(夏陽)의 옅은 햇살을 받아 진주가루라도 흩뿌리는 듯 눈이 부시다.

마치 어느 나라의 왕궁인 듯 호화스럽다. 그렇다면 왕은 수렵이라도 가고 궁전만은 비어 있는 것일까 하고 돌축을 하나하나 밟아 가면 또다시 기다란 줄 행랑(行廊)이 있는 것이고, 그것을 오른편으로 돌아들어 왼편으로 보이는 별실(別室)은 서재인 듯 조용한 목에 뜰 앞에 조롱들 속에서 빛깔 다른 새들이 시스마금 낯선 손님을 맞아 아는 체하고 재재거린다. 그 아래로 화단에는 저마다 다른 제 고향의 향기를 뽑아 멀리서 온 에트랑제는 취하면 혼혼하게 잠이 들 수도 있는 것이다.

　가벼운 바람과 함께 앞창이 슬쩍 열리고는 공주보다 교만해 보이는 젊은 여자 손에는 새파란 줄기에 양호필(羊毫筆)같이 하얀 봉오리가 달린 난화(蘭花)를 한 다발 안고 와서는 뒤를 돌아보며 시비(侍婢)를 물리치곤 내 책상 위에 은으로 만든 화병에다 한 대를 골라 꽂아 두곤 무슨 말을 할 듯 하다가는 그만 부끄러운 듯이 아무런 말도 하지 못하고 조심조심 물러가고 만 것이었다.

　달빛이 창백하게 흐르면 유리창을 넘어서 내 방은 추워졌다. 병든 마음이었고 피곤한 몸이었다.

　십년이나 되는 긴 세월을 나는 모든 것을 내 혼자 병들어 본다. 병도 나에게는 한 개의 향락일 수 있기 때문이었다. 아무도 없는 무덤 같은 방안에서 혼자서 꿈을 꿀 수가 있지 않은가. 잠이 깨면 또 달이 밝지 않은가. 그 꿈만은 아니었다. 그 여자가 화병에 꽂아주고 간 난꽃이 그냥 남아 있는 것이 아닌가.

　그 복욱하고 청렬한 향기가 몇 천만 개의 단어보다도 더 힘차게 더 따사롭게 내 영혼에 속삭이는 말 아닌 말이 보다 더 큰, 더 행복된 위안이 어디 있으므로 이것을 꿈이라 헛되다고 누가 말하리요.

진정 헛된 꿈이라고 말하면 꿈 그대로 살아보는 것도 또한 쾌하지 않은가.

나는 때로 거리를 걸어 보기도 하나 그 꿈속에 걸어 본 거리와 그 여자의 모습은 영영 볼 수는 없는 것이었다. 때로 꽃집을 들러도 보고 난꽃을 찾아도 보았으나 내 머릿속에 태워 붙인 그것처럼 사라질 줄 모르는 향기는 찾아볼 수 없었다. 꿈은 유쾌한 것, 영원한 것이기도 하다.

횡액橫厄

    약속하지마는 불유쾌한 결과가 누구나 그 신변에 일어났을 때 사람들은 이것을 횡액이라고 하여 될 수만 있으면 이것을 피하려고 무진 애를 쓰는 것이 보통이지마는, 어떤 의미에서는 인간이란 한 사람도 예외 없이 이러한 횡액의 연속연을 저도 모르게 방황하는 것이, 사실은 한평생의 역사일는지도 모른다.

    그래서 어떤 사람은 사랑하는 사람과 함께 배를 타다가 물에 빠져서 죽었는가 하면, 소나기를 피하여 빈집을 찾아 들었다가 압사(壓死)를 한 걸인도 있었다. 그러는 동안에 이 축들은 대개 사람의 기억에서 희미해지는 것이며, 심하면 제 집 사람에게까지 대수롭지 않게 여겨질 때는 무슨 수를 꾸며서라도 그 주위의 사람들의 기억 속에 제 존재를 살리려는 노력이 시작된다.

    그러나 이러한 노력도 꼭 알맞은 정도의 결과를 가져 온다면 여러 말 할 바 아니로되, 때로는 그 효

과가 너무 미약하여 이렇다 할 만큼 나타나지 않을 때도 있고, 어떤 땐 너무나 중대한 결과가 실로 횡액이 되고 말 때가 많다.

그런데 여기서 가장 간편한 효용을 생각해 낸 것이 연전에 작고한 중국의 문호 노신(魯迅)이었다. 그가 이 세상을 떠나던 전전 해 여름에 쓴 수필집에서 〈병후 일기(病後日記)〉를 읽어보면, 다음과 같은 말이 쓰여 있다.

"…… 나는 지금 국가나 사회로부터 그다지 중요하게 보여지지 않는 모양이다. 그뿐만 아니라 친척, 친구들까지도 차츰차츰 사이가 멀어져 가는 모양이었다. 그러나 요즘 나는 병으로 해서 이 사람들 주의를 갑자기 끌게 되었다. 이렇게 생각하면 병이란 것도 그다지 나쁜 것만은 아닌 듯도 하다. 그러나 기왕 병을 앓는다 하면 중병이나 급병은 대번에 생명에 관계가 되니 재미가 적어도 다병(多病)이란 것은 세상의 모든 귀골들이 하는 것이니, 나 자신도 매우 포스러운 사람들 틈에 끼일 수가 있게 되나보다……"

이러한 노신 씨 말을 따른다면 병도 때로는 그 효용이 적지 않은 모양이다, 나라는 사람은 실로 천대받을 만큼 건강한 몸이라 365일에 한 번도 누워 본 기록이 없으니 이러한 행복조차도 누릴 길이 없었다. 그러나 여기 하늘이 돌봄이었는지, 나는 마침내 뜻하지 않은 횡액에 걸려들었다는 것은 어느 날 전차를 타고 종로로 돌아오는 길에 황금정(黃金町)에서 동대문에 다다르자, 우리가 탄 전차보다 앞의 전차가 아직 떠나지 않고 있으므로, 우리가 탄 전차도 속력을 줄이고 정차를 하려던 것이 앞의 차의 출발과 함께 새로운 속력으로 급한 커브를 도는 바람에 차 안의 사람들은 모두 일시 안정되었던 자세를 가눌 여지도 없이 몸을 흔들고 넘어가는 것이었고, 나는 아차 할 사이에 넘어지며 머리가 유리창에 닿으려는 순간, 바른손으로 막은 것만은 문자 그대로 민완(敏腕)이었으나, 그다음 내 팔목에는 전치 2주일의 열상(裂傷)을 내었고, 유리창은 산산이 깨어졌다.

내 지금도 그 사람의 직함을 알 바 없으나, 차장 감독이라고 부를 듯한 장신 거구의 40쯤 되어 보이는 헬멧을 쓴 사람이 나에게 와서 친절 정녕히 미

188

안케 되었다는 인사말을 하고, 운전수와 차장의 번호를 적은 뒤에 먼저 사고의 전말을 보고한 다음, 나를 의무실이라는 데로 인도하는 것이었다. 내 마음으로는 종로로 빨리 와서 친한 의원을 찾아 신세를 질까 했으나, 이 사람의 친절을 무시하기도 거북해서 따라가는 것이었지마는, 사람들이 오해를 하려면 혹 전차표라도 속이려다가 감독에게 발로라도 되어 붙잡혀가는 것이나 아닌가고 하면 사태는 자못 난처한 것이었다.

그래 우선 의무실이란 곳을 들어서니 간호양(看護孃)이 황망히 피투성이 된 내 손을 옥시풀로 깨끗이 닦은 뒤에 닥터 씨가 매우 냉정한 태도로 핀세트를 잡고 나타났다. 그러고는 가위 소리와 내 살이 베어지는 싸각싸각하는 소리가 위품 좋게 돌아가는 전선(電扇) 소리와 함께 분명히 내 귀에 돌려 왔다.

붕대를 하얗게 감고 비로소 너무도 조잡한 의무실이구나 하고 생각하며 나오려 할 때, 직업과 성명을 묻기에 그것은 알아 무엇하느냐고 했더니 규칙이라기에 써주고 말았다.

그래도 또 전차를 타야 했다. 전차 속은 여전히 덥고 복잡하건마는, 싸각싸각하는 살 베어지는 소

리는 좀처럼 귓가에 사라지지 않았다.

바로 올해 봄이었다. K란 동무가 맹장염으로 수술을 했다기에 문병을 갔더니, 제 귀로 제 창자를 싸각싸각 끊는 소리를 들었다고 신기해서 이야기하던 생각을 하고, 자위(自慰)를 해보아도 기분이 그다지 명랑해지지 않기에, 다시 붕대 감은 내 팔목을 들여다보고 아픈 정도를 헤아려 보아도 중병도 급병도 다병도 될 수는 없었다. 그래서 R이란 동무와 한강 쪽에 나가서 배라도 타고 화풀이를 할까 하고 가던 도중, R군의 말이 "자네 팔목 수술을 했으니 낫겠지마는 양복 소매는 어쩔 텐가" 하기에 벗어 보았더니, 연전(年前)보다 배액이나 들여 만든 새 옷이 영원히 고치지 못할 흠집을 내고 말았다. 세상에 전화위복하는 사람도 있다고 하건마는, 나의 횡액은 무엇으로 보충할 수 있을까? 이것을 적어 D형의 우의(友誼)에 갚을밖에 없는가 한다.

윤곤강의 시에 대하여

북 레뷰를 쓰는 풍습이 어느 때 어느 곳에서 시작되었는지도 몰라도 대관절 써야 한다는 의무를 느낄 때는 여간 거북스러운 것이 아니라는 것은 그 간행된 책자가 시(詩)일 때 더욱 그러하다. 그 시가 한 편씩 잡지 기타 정기 간물(刊物)에 게재되었을 때 벌써 한 편의 작품으로서 현명한 비평가들에 의하여 제대로 금새를 따져서 공문서처럼 처리가 된 것이 대부분인 까닭이다.

그러고 보면 이제 내가 써야 할 부분은 결국 책의 장정은 어떻고 체제는 어떻다는 출판 문화 그것에 관해서 내 비위에 알맞고 예의에 어긋나지 않는 몇 마디 말을 나열하면 족할 것 같으나, 막상 쓰려고 붓을 들고 보면 역시 내용을 보살피는 게 무난한 모양 같다.

그런데 기왕 나에게 이런 평을 쓰라고 하면 할 말 꼭 해야 할 것은 여름에 이찬(李燦) 씨로부터 그의 제3시집 《망양(茫洋)》이 간행된 월여에 시집과

사신(私信)을 정중히 보내고 잡지에 신간평을 쓰라는 것이었으나, 그때 벌써 누가 어느 신문에 쓴 것을 본 듯이 생각되었고, 또 그때는 잡지가 시인에 그런 봉사를 하는 것도 별로 없을 뿐 아니라, 내가 쓴댔자 벌써 신간평이 아니라서 마침내 침묵했다는 것이다.

이에 윤곤강 형의 제4시집인 《빙화(氷華)》가 출판된 뒤에 만나는 친우마다 한결같이 말하는 감상을 들어보면 시체(詩體)가 몹시 변해졌다는 것이다.

그러나 나 자신은 그 말에는 별로이 경탄하지 않았을 뿐 아니라, 도리어 당연한 결과로서 3년 전 그의 제2시집 《만가(輓歌)》의 신간평을 쓰면서 《대지》의 작자로 알려진 그의 《만가》의 반반분의 시풍은 그의 제3, 제4시집이 나온 오늘의 시체(詩體)를 약속하는 것이라고 예언한 바 있었다. 그렇다고 내 예언이 적중한 것을 신기하게 여기는 게 아니라, 이 시인의 시 경지가 시체(詩體)에 응결되어 감과 한가지로 더욱 원숙해 간 자취를 더듬어 볼 때 한층 더 감격이 느껴지는 것이다. 왜 그러냐 하면, 《대지》나 《만가》 반반분에서는 시인 자신의 영혼이 도처에서 직접으로 넋두리하고 있는 반면에 이 《빙화》는 처

음 책장을 펼치면 Memorie ―〈황혼〉에,

구름은 감자밭 고랑에
구름자를 놓고 가는 것이었다.
까마귀는 숲 넘어로
울며 울며 잠기는 것이었다.
마슬은 노을빛을 덮고
저녁 자리에 눕는 것이었다.
나는 슬픈 생각에 젖어
어둠이 물든 풀섶을 지나는 것이었다.

고 '것이었다'를 연발하면서 시와 자신과에 일정
한 거리를 두면서 '생각'하는 여유를 갖고 고요히
읊어 본 것이다. 〈호수〉나 〈마을〉에서도 같은 수법
으로 되었고, 〈언덕〉은 그와는 달라도 애송하고저
운 한 편이며, 폐국의 끝 절에

외로운 사람만이 안다.
외로운 사람만이 알아……
슬픔의 빈터를 찾아
족제비처럼 숨이는 마음

이렇게 절절이 호소하는 마음을 충분히 이해해 주지 않을 수 없는 것이다. 그러나 《빙화》의 끝 연한 줄에 '용이 솟아난단다'는 것이 있는데, 이런 것은 이 시인의 대부분을 정복하는 이미지로서 나의 뜻 같아서는 용은커녕 미꾸라지 한 마리도 안 나와도 무가내하(無可奈何)이고 실은 이 경지를 깨끗이 떠나는 데 조선 시의 한 단계가 경신되는 것이다.

이 밖에 김남인, 김해강 공저로 《청색마(靑色馬)》가 나오고 이기열 저서 《낙서》가 있다 하나 필자의 안두(案頭)에 없으며, 《청색마》는 앙드레 말로의 예술적 조건의 분류에 속하는 것 같다. 대방가(大方家)의 곡진(曲盡)한 평에 사양해 둔다. ―한성 도서 주식회사 발행 정가 1원 30전

도詩선집 06

육사 시집
이육사, 이스탄불에 물들다

1판 1쇄 인쇄 2020년 8월 18일
1판 1쇄 발행 2020년 8월 27일

지은이 이육사
펴낸이 안종남

펴낸 곳 지식인하우스
출판등록 2011년 3월 31일 제 2011-000058호
주소 04035 서울시 마포구 양화로7길 55(서교동) 신양빌딩 201호
전화 02)6082-1070
팩스 02)6082-1035
전자우편 book@jsinbook.com
블로그 blog.naver.com/jsinbook
페이스북 facebook.com/jsinbook
인스타그램 @jsinbook

ISBN 979-11-90807-13-5 03810